MW01144228

おカネの教室

奇妙的
盘算社团

[日]高井浩章_著　　刘丹_译

中信出版集团 | 北京

图书在版编目（CIP）数据

奇妙的盘算社团 / (日) 高井浩章著；刘丹译. --
北京：中信出版社，2021.1
ISBN 978-7-5217-2315-1

Ⅰ.①奇… Ⅱ.①高… ②刘… Ⅲ.①短篇小说—小
说集—日本—现代 Ⅳ.①I313.45

中国版本图书馆CIP数据核字（2020）第190800号

奇妙的盘算社团

著　　者：[日] 高井浩章
译　　者：刘丹
出版发行：中信出版集团股份有限公司
　　　　　（北京市朝阳区惠新东街甲4号富盛大厦2座　邮编　100029）
承 印 者：北京诚信伟业印刷有限公司

开　　本：787mm×1092mm　1/32　　印　张：8.25　　字　数：89千字
版　　次：2021年1月第1版　　　　　印　次：2021年1月第1次印刷
京权图字：01-2020-4295
书　　号：ISBN 978-7-5217-2315-1
定　　价：39.00元

登场人物介绍

萨长同学

（木户肇人）

平凡的初中二年级学生，从小学开始进入篮球队，在没有篮球训练安排的周末，会出现在公园里，练习踢足球。以身为消防员的父亲为骄傲，因机缘巧合进入了盘算社团。

白虎同学

（福岛乙女）

镇上富豪家的千金小姐，在学校一直是全年级第一名，遗传了其母亲的美貌，让人印象深刻。同时有相当执着的性格，凡事都要弄个明白，对自己家的事业感到困惑。

海舟老伯

（江守先生）

盘算社团的顾问，是一位身高超过两米的壮汉。虽然从简历上看不像是混血儿，但从长相来看很像。他的座驾是一台能够将其轻松容纳进去的奔驰车。喜欢红茶和甜玉米，看上去40岁左右。

目录

4月

5月

8月

9月

4月

第 1 堂课

欢迎来到算盘社团

正如我所料，初二年级六班的教室空荡荡的。

犹豫片刻之后，我坐在了从前面数第三排靠窗的座位。窗外的操场上不时地传来足球俱乐部上课的声音，我长叹了一口气。

我所在的中学，每周一的第六节课是社团活动时间。所选择的社团活动项目原则上不能和俱乐部活动项目相同，所以今年我盯上了和篮球同样喜欢的足球。遗憾的是，我并没有像去年那样幸运，足球俱乐部很受欢迎，在抽签决定去留的环节我败下阵来。同时，就连第二志愿的羽毛球俱乐部也不幸落选，剩下的就只有这里了。

第六节课已经开始了几分钟，还不见任何人的踪影，可见这个社团是有多么不受欢迎。

"欢迎光临！"

突如其来的声音使刚才陷入沉思的我着实吓了一跳。我寻声朝门望去，这次又让我惊得眼珠子差点儿掉下来。教室里进来了一位戴着圆眼镜的中年大叔，我长这么大还从来没有见过这么高大的人，他鼻梁高挺，好像是外国人或者是混血儿。

"那么，再次欢迎光临！"

这位中年大叔在黑板上写的字极为工整，跟他高大的身材极不匹配。

没错，我居然沦落到要加入学打算盘这种过时的社团。

"人还没到齐呢，应该还有一个人。"

这个社团就只有两个成员吗？

"我先自我介绍一下吧，我叫江守。守护江户的江守。"

江守先生笑着看着我。啊，轮到我了。

"我是初二年级二班的木户隼人。木户是木门的木户，隼人是隼鹰的隼加上人。"

"你一个人就组成了木户孝允和萨摩隼人的萨长组合嘛，真是很能干呢！"

突然自己的名字被热爱历史的中年大叔这样解读，我正不知如何是好的时候，进来一位女孩子，她微微点头行礼后进了教室。

"哦。欢迎，请随便坐。"

我跟这位同学不在同一所小学，我们也不曾参加过同一个社团，但是我认识这个坐在和我隔了一排靠近走廊位置的同学，因为她很有名。

"刚才我们正在做自我介绍，我是江守，他是隼人。你呢？"

女孩子用非常通透的嗓音落落大方地回答道："我是初二年级四班的福岛。"

"你好，福岛同学。请问你的名字是？"

"乙女。"

江守老师津津乐道地笑着说:"哦,这次是会津藩和土佐藩的结合啊。你们应该知道福岛县以前隶属于会津藩吧。乙女是土佐藩的坂本龙马姐姐的名字。将佐幕派和倒幕派中大人物的名字组合在一起,这名字也是很风雅呢。"

又来卖弄历史呀,这老师明明长着一张混血的脸,却对日本史很有研究。日语也说得很流利。

"两个人的名字都跟德州幕府统治的末期有关,真是缘分哪。既然如此,以后就叫木户同学为'萨长'同学吧。"

"那么,福岛同学可以直接称呼'乙女'同学吗?"

"不行。"

"哎呀呀,但是想加深两位同学的友谊,所以请两位同学共同为福岛同学起个绰号吧。时间就是金钱,我们的社团活动现在就开始吧。"

我从书包里拿出了妈妈用过的算盘。

江守先生看到我的算盘,眉开眼笑地说道:"啊,萨长同学准备工作做得不错嘛。"

"那个⋯⋯老师,我没有带算盘。"

"别担心,我也没有带。都什么年代了,谁还在用算盘哪⋯⋯"

这叫什么事儿呀,明明自己开设的是算盘社团。

"不光是今天,以后我们也不需要用算盘。"

"啊？"我和福岛同学异口同声地惊叹道。

"福岛同学听说过'盘算'这个词吗？"

"意思是仔细地思考利弊得失。"

"Perfect！"

哦，果然是很地道的英语发音。

"没错，意思是用损益，即从金钱的角度来衡量一件事情。"

江守先生迅速地改掉黑板上的字。

"这个社团的名字叫盘算社团，但是很遗憾，算盘是没有

机会出场了。"我突然感到算盘变得很可怜，并且预感到这个社团愈加诡异了。

"那么我开始提出第一个问题。"江守老师在黑板上写下：

"知道自己值多少钱是非常重要的。请好好思考。限时为5分钟。"

剧情发展得太快，我和福岛同学都一脸茫然。唯有江守先生若无其事地靠在窗户旁边，一会儿俯视校区，一会儿伸头仰望天空。

话说回来，这个问题真是太胡来了。老师平常不都是教育我们不能用金钱来衡量人的价值吗？所以我从未思考过这种问题，真是伤脑筋。我愣了半天，试着提出一个问题。

"您可以给我们一点儿提示吗？例如，日本上班族的平均薪资是多少？"

"男性的平均年收入有 500 万日元左右吧。"

这样啊，也就是说每个月大概 40 万日元。江守老师看了一眼时钟，催促我："时间到了，由萨长同学先回答。"

"啊，我猜人的一生大概赚 1 亿日元左右。"

"很理想的整数，请说说你的根据。"

"假设我的年收入为 500 万日元，大学毕业后工作 40 年，大约是 2 亿日元。再扣掉一半的生活费，我认为 1 亿日元是很合理的数字。"

"非常好！以上的计算方式是：上班族一辈子大约能赚到多少钱？考虑到支出，这个非常实际。很好，萨长同学踏出相当顺利的第一步。接下来换'白虎'同学，请说。"

啥？福岛同学也愣住了。

"请问您刚才叫我什么？"

"哦，白虎同学吗？这是我想到的绰号。白虎队是会津藩中年轻有为的部队。为对抗萨长联盟中心的新政府军，最后全体在饭盛山旁的会津总部前切腹自尽，是个时代的佳话啊。"

"呃，这也太那个了……"

"好奇怪……"

没错，怪透了，白虎队不单是少年，还死于非命。而且这么一来，我们岂不是成了敌人。

"不喜欢的话，请提出来替代方案，只会抱怨的人太狡猾了。"被他这么一说，我和福岛同学也只有闭嘴的份儿。

"那就这么愉快地决定啦，请叫我海舟先生。胜海舟是促成江户城不费一兵一卒就开放城门的功臣。守护江户的海舟，很优雅吧。"

福岛同学无力反驳地回答："明白了，海舟先生是吗？！"真是了不起的适应能力。

我说："那个海舟先生有点儿难以启齿，我们可以叫您海舟老师吗？"

"随便你吧，那么白虎同学，请问你觉得你值多少钱呢？"

福岛同学用轻松的语气回答："姑且算 10 亿日元左右吧。"话音刚落，海舟老师做出非常夸张的表情。

"真是开始胡乱说了！啊，不好意思，那么请说说你的根据。"

"如果我被绑架，我奶奶大概愿意付这么多赎金。"

"是哟，这种话还是少说为妙，会有人当真哟。"

藏在圆眼镜后面的眼神闪过一道光，海舟老师像是瞄准猎物的老鹰。听起来不像是在开玩笑啊。

"真是太有意思了！萨长同学，你有其他意见吗？"

"关于 10 亿日元吗？"

"也可以是 1 亿日元和 10 亿日元的差距，毕竟差得太多了。"

正经的老师才不会说出这种话。

"要是我能赚大钱，当然再好不过，可是谁也不晓得未来会发生什么事情。"

"嗯，你真的很务实。白虎同学，请给平民提一点儿意见。"

"10 亿日元又不是我自己的钱，倘若以木户同学……不对，是以萨长同学的想法，我的价格应该更便宜。"

"不用顾忌我们哟，虽说是令祖母的钱，迟早有一部分还是要由白虎同学继承，所以也等于是你的钱。"

福岛同学又反问："既然如此，海舟老师又值多少钱呢？"

"好问题！二位认为是多少呢？呃，萨长同学，你脸上仿佛写着'这种中年大叔就算免费送你，你也不要呢'。话说回来，给人标价这种愚蠢又卑鄙的行为本来就不值得被赞许。"

我心想，真是谢谢您了！

"萨长同学这次仿佛又是'轮不到你说这种话'的表情呢。大人真的很无聊。这不是重点，重点在于二位的意见非常有意思。萨长同学从'赚取'的手段出发；白虎同学则由绑匪要求赎金的角度出发，也就是从犯罪者'窃取'的角度来思考，只有设想过被绑架勒索的有钱人才会考虑的。"福岛同学一脸愤愤不平的表情，但海舟老师当作什么都没看见，接着说，"白虎同学还有一个隐藏的观点，那就是可以'获赠'继承的遗产。至此，我们已经发现了三种可以得到钱的方法。"

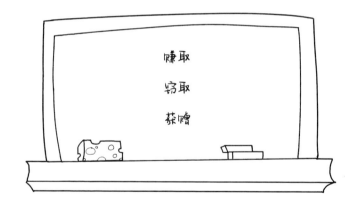

海舟老师看了看手表，手表戴在他手上显得异常袖珍。"差不多该留作业了，这一课结束了。"

除了以上三种方法，请再举出三个 能得到钱的方法

下课铃声响起，海舟老师拍拍手说："下周一见！"便走出教室。福岛同学说了声"下周见"也转身离开，留下我一个人擦黑板。

第2堂课

六种得到钱的方法

新学期的第一周就这样过去了，今天是第二周的第一天，周一总是过得很漫长。第五节的数学课结束后，我正在向社团教室走去，中途被班主任小木曾老师叫住了。

"喂，萨长同学。"

"老师您刚刚叫我什么？"

"少装傻了，你这个绰号很不错嘛，还很有时代感。"

这个老师，明明一大把年纪，孩子都很大了，却总把取笑别人当作乐趣。

"您知道江守老师是何方神圣吗？个子那么高大，除了社团的课以外好像没有教授其他的课。"

小木曾老师笑得很诡异，趴在我耳边小声说："这你就别问了，总之那个家伙可不是等闲之辈，你能加入那个社团真是走运。"然后拍拍我的肩膀走掉了。这个动作是他的习惯动作，所以大家私下里叫他"拍拍老师"。

"代我向白虎同学问好。"拍拍老师夹带着笑意的声音从背后传来，我加快脚步走进初二年级六班的教室。

福岛同学已经到了，并且坐在了上周坐的位置，后排靠近走廊。我也同样来到上周坐的位置，靠近窗户的位置坐下。

"福岛同学，你的功课做了吗？"

"叫我白虎好了。我思考了一下，但没有十足的把握。你呢？"

"我也想了一下，但是也没有自信。"

正在这时，海舟老师精神饱满地走进教室。"大家好！"他边说边抱着椅子，坐在最前排的座位上。这个人即使坐下也还是很高大，充满了压迫感。

"我们开始上课，上周的作业是除了'赚取''窃取''获赠'以外，还有哪些能获得金钱的方法。萨长同学请说。"

"我认为其中之一应该是'借贷'。"

"很好，答对了。话说回来，萨长同学有没有跟别人借过钱？"

果不其然，他抛出了这个问题。

"我向姐姐借过 2 000 日元。"

"如数归还了吗？"

"还了，还了 2 200 日元。"

"咦，一家人也要付利息吗？"

"哎呀呀，萨长同学的姐姐很能干哪。实在很有意思，出于好奇，能不能跟我们详细地介绍一下这些钱你是如何归还的？"

"我记得我是 11 月份从姐姐那里借的，一开始就约定好的，用过年得到的压岁钱还，所以钱只借了两个月，借钱的时候，姐姐还要求父母作为担保人才肯借给我。"

"你姐姐真是太棒了，不仅让你拟订了还款计划，还找来担保人。"

"可是才两个月的时间，利息就高达一成，是不是有点过高了？"白虎同学插话道。

"白虎同学也这么觉得！对吧？我姐姐是个魔鬼吧？！"

"嗯，一成是吗？"海舟老师站起来，在黑板上写下一排数字。

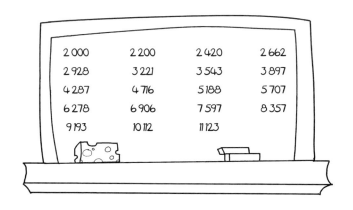

"如果2个月为1个周期，利息为10%，1个周期之后，2 000日元就会变成2 200日元。而萨长同学的情况恰恰是借了1个周期。那么如果借2个周期的话，本金加上利息就变成2 420日元。在这个数字里利息可分为两部分：一部分是最初借的2 000日元，在4个月的时间产生的400日元利息；另外一部分是第1个周期产生的利息，在第2个周期又产生了利息，即利息生利息。第1个周期的利息为200日元，10%是20日元，所以利息全部加起来应该是420日元。"

我心想，可真是较真，听起来很小题大做吧。

海舟老师接着说："如果连续借6个周期的话，那么第7行对应的数字为还款金额。1年后的本金与利息的和为3 543日元。如果借3年，还款金额将超过1万日元。"

咦，好奇怪啊，本金的利息1年是1 200日元，3年应该是3 600日元，加上原本借的2 000日元也才5 600日元，结果怎么会接近2倍了呢。

"这就是'复利'的魔力，利息会生利息。还有人说爱因斯坦认为这是人类史上最大的发现。高利贷之所以转眼间膨胀为天文数字，就是基于这个原理。值得一提的是，如果再滚下去就会变成下面这串数字这样。"海舟老师在黑板上接着写出下面一串数字。

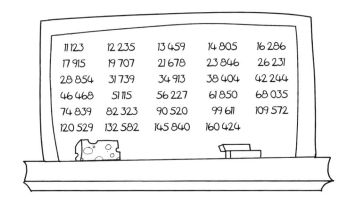

11 123	12 235	13 459	14 805	16 286
17 915	19 707	21 678	23 846	26 231
28 854	31 739	34 913	38 404	42 244
46 468	51 115	56 227	61 850	68 035
74 839	82 323	90 520	99 611	109 572
120 529	132 582	145 840	160 424	

白虎同学惊讶道："哇，好厉害。海舟老师的心算速度好快。"我心想，真的很厉害，可是算得对吗？正值我与海舟老师四目相对，只见他对我莞尔一笑，从衬衫胸前的口袋中取出计算器。喂，等等，这个社团不是盘算社团吗？

"请把 2 000 乘以两次 1.1，再按下等号键。四舍五入的误差就睁一只眼闭一只眼吧。"

我按下计算器的按键，果然依次出现了黑板上的数字。海舟老师笑容满面地挺起胸膛，我们也跟着笑了起来。

"言归正传，第四种方法是'借贷'，还有其他答案吗？"

"我觉得还有一种方法是把钱存在银行里赚取利息。"白虎回答道。

"很好！果然是有钱人给出的答案。除了银行存款，还可以购买公司的股票或土地，等到升值再卖掉，赚取差价。"

"请问股票是什么？"我问道。

"真不愧是平民代表提出的疑问。"海舟老师附和道。

"类似于持有公司资产的感觉。"白虎说道。

"真了不起，'股票'就是把公司的所有权切分成小份，买卖股票的地方被称为'股票市场'，这部分内容以后有机会再详细跟大家说明。总之，存款、买股票，或者把钱交给别人操作，以此来增加财富的方法，我们都称其为'运作'。用钱生钱是很不可思议的机制，换成专业的说法是'增值'。那么，最后一个答案是什么呢？"

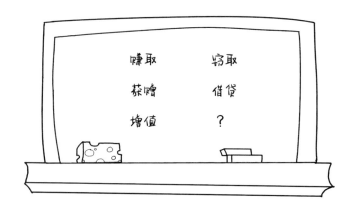

"捡钱吗？"白虎说道。

"这可不是有钱人该有的回答。捡钱不还是犯罪行为吗？而且捡钱是'赚取'或'窃取'的变身版吧。萨长同学，你还有什么想法吗？"

"嗯，寻宝怎么样？"

"哦，你可真浪漫，但是这可以归类到'赚取'里。"这个问题好难啊。海舟老师笑眯眯地看着我们答不出来的困窘样。

"这也是本社团最大的难题，所以今天先不告诉你们答案。"

别卖关子了，直接告诉我们答案不就好了，我心想着。

"重点在于要自己思考，是吗？"我说。

"正是。所以难题暂时搁到一边，我们先进入下一个问题。"

"赚取"和"窃取"的区别在哪里

"萨长同学，令尊赚钱的方式属于'赚取'还是'窃取'呢？"

这个问题真是没有礼貌……我心里嘀咕着。我回答道："我爸是消防员。"海舟老师好奇地盯着我看了片刻。正当我开始有些不安的时候，海舟老师转身向黑板走去。所以刚才那个莫名其妙的问题到底要问我什么……

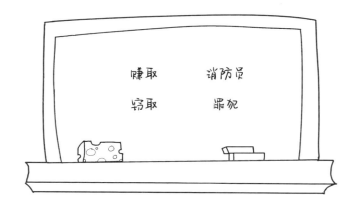

"消防员毫无疑问是'赚取'钱的人。萨长同学，你很以令尊的职业为荣吧！"

被老师这么一说我反倒有些害羞呢，"是的，我非常尊敬父亲。"

海舟老师再一次莫名其妙地向我投以温柔的目光。我不由得把目光扫向别处，白虎同学也用非常严肃的目光投向我，我心里不禁一颤。

"嗯，非常优秀。令尊从事的这份工作能够得到自己孩子的尊敬，同时又可以获得劳动收入。令尊很可能并不是单纯为了获取金钱而工作，非常配得上'赚取'这个词。"那么，用类似'窃取'的犯罪行为如何去理解这个问题呢？

海舟老师用他那硕大的手在黑板的空白处拍了一下，"就是这个空间！在这个世界上有各种各样的职业、各式各样的公司，以及形形色色的人。左边和右边，'赚取'和'窃取'的分界线在哪里呢？"

沉默片刻，白虎同学把手举了起来，说："看这份工作是否有益于这个世界，以此作为界限来衡量如何？"

"对，这样也许可以。"我说道。

"两个人意见一致。"接着，海舟老师看了看手表，并把黑板擦干净。

"那么，留作业后，我们下课。"

如何判断对世界有益，或者无益

"下一节课将对具体的职业和工作进行区分，并对其是否有益进行思考，你们各举出三个具体的例子。"海舟老师说道。

正在此时响起了下课的铃声。"那么，下周见！"海舟老师说完，径直走出了教室。白虎同学将黑板擦干净后也朝门口走去。

第3堂课

有价值的职业，没有价值的职业

因为周末参加篮球俱乐部的训练，我把盘算社团的作业忘得一干二净，所以我得在进教室前想好答案。

说到有价值的职业，首先是老师，毕竟现成的例子摆在眼前，这份职业肯定是有价值的。至于没有价值的职业嘛，就以昆虫学家为例好了。最近我看了法布尔写的《昆虫记》，感觉以观察昆虫为职业的昆虫学家能生存下去真是很不可思议；再说了，观察昆虫对社会好像也没什么价值。

我光顾着想法布尔的事儿，还没有想到第三个例子就走进了教室。"上一节课结束的时候说过，我们今天要具体讨论哪些职业对社会有价值，哪些职业对社会没有价值。"海舟老师话音未落，白虎同学立刻拿出笔记本，跃跃欲试的样子。

"那么，就有请萨长同学先举出三个例子。"

我才想到两个呀，这下子只能靠临场发挥来应付差事了。

"首先是老师。"

"果然来这招啊，这是没有价值的例子吧。"

"不，是有价值的例子，教授小孩儿读书是很重要的职业。"

"能跻身于教师队伍，我感到无上的光荣，还有呢？"

"昆虫学家，是没有价值的例子。"

"举例不仅特别，你的评语也很犀利呢。"

"《昆虫记》是一本很好看的书，但是昆虫学家和赚钱好像没什么关系。"我接着说。

"嗯，你是指昆虫学家赚不到钱吗？该怎么说呢，那些深处世俗之外，看似可有可无的职业，比如学者、艺术家等都被你一竿子打死了！"海舟老师说。

奇怪了，总感觉哪里不对，我可不是这个意思。

"白虎同学，你怎么想？"

白虎同学想了一下说："或许没有昆虫学家或书法家也没关系，但是新发现的生物或者美丽的作品可以让世界变得更加丰富多彩。他们就算无法直接与金钱挂钩，也是很有价值的职业。"

她说的没错，临时想到的答案果然经不起推敲。

"萨长同学，你怎么认为？"

"我要向所有的昆虫学家道歉。"

"我稍微补充一点，听说法布尔生前因为书都卖不出去，穷到要靠同行接济呢；凡·高的画在他生前也都卖不出去，可是他们无论如何都要做自己想做的事情。如同萨长同学所说，他们的确曾仿佛与世隔绝，超然物外地活在这个世界上。那么，萨长同学请你举出最后一个例子。"

　　"面包房师傅，这次是有价值的职业。"

　　就算是临时想到的答案，也太没有亮点了，我有些自责。

　　"很好，面包房师傅把买来的原料烤成面包来卖。非常中规中矩的答案，要是没有这种例子，讨论就会不切实际。"

　　真没想到我会受到表扬。随后海舟老师在黑板上写下：

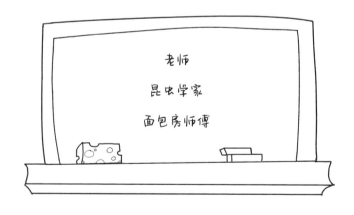

老师

昆虫学家

面包房师傅

　　　奇妙的盘算社团

"这些都是有价值的职业。接下来换白虎同学，请说。"

"可以说三个都是没有价值的职业吗？"

"求之不得，这样才能平衡一下。"

白虎同学停顿了一下，深吸了一口气说道："我想到的三个没有价值的职业分别是，放高利贷者、赌场主、地主。"话音刚落，教室里变得鸦雀无声。

我偷偷地用余光瞟了一眼白虎同学，立刻又将视线移开。海舟老师手里拿着粉笔，一脸惊讶地看着白虎同学。白虎同学与海舟老师四目相对，目光坚定。

"这个真是……太令人震惊了！"

停顿了好一会儿，海舟老师总算开口说道："居然能从初中生口中听到这三个职业，这让我有些措手不及。"

我也很吃惊，吃惊的原因或许跟海舟老师有所不同。住在这个镇上的人无人不知、无人不晓，刚刚白虎同学说出的三个职业恰恰都是福岛家经营的产业。

足球俱乐部上课的嘈杂声音从操场传来，打破了教室里的沉默气氛。今天的天气的确非常适合踢足球，晴空万里，洋溢着春天的气息。不一会儿，沉默的气氛继续在教室中蔓延着，充斥着每一个角落，我不禁想象着，如果此刻我正驰骋在足球场上该有多好。海舟老师仰望着天花板思考着，白虎同学则十指交叉地把手放在书桌上，并将视线锁定在指尖处。

福岛家经营的赌场生意"福屋"在整个县内有好几家连锁店。高利贷生意我也不是很了解，只有一次很深刻的印象。姐姐特别羡慕福岛家，"福岛家真好哇，他家小孩子的房间也应该很大吧"！每每这个时候妈妈总不屑地说道："那家人可是靠高利贷起家的。"姐姐还傻傻地反问道："高利贷是一种冰激凌吗？"[1] 这个事情后来在我们家里一直被当作笑料。

　　同时，福岛家也是小镇上最大的地主，甚至还有人说福岛家的人光靠走自己家的地盘就能从车站走到家，不知道是真是假。镇上的大宅院基本上都归福岛家和歌川家所有，而且福岛家跟歌川家是亲戚关系。海舟老师好不容易回过神儿来，在黑板上补充上三行。

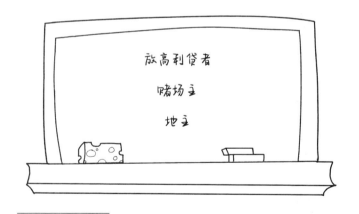

---

①　高利贷的日语发音与冰激凌的发音相似。——译者注

"正义凛然的感觉呢！你为什么会选择这三个职业呢？"

"因为这是我家的事业，从我已故的爷爷开始一直做到现在。"

"可以说是家族事业了，令祖父是创始人吗？"

"赌场和高利贷是这样。土地是祖先留下来的，目前由我奶奶负责打理。"

"赌场和高利贷是由你父亲负责经营吗？"

白虎同学微微点了点头。

"那么，你认为这三个职业都是对社会没有价值的，是吗？"

白虎同学这回用力点了点头。

"你为什么会有这种想法呢？"

"因为这些工作无法让人获得幸福。"

这是我第一次从白虎同学口中听到带有如此坚定的语气的话。

"有的人被无力偿还的债务所困扰，也因此妻离子散；有的人把辛苦赚来的钱用来赌博；还有的人将自己的婴儿锁在车里，导致婴儿死亡……"

"OK！"海舟老师打断了她的话，走向白虎同学，并将他坚实的手臂放在了白虎同学的肩膀上。

"好的，我明白了。谢谢你。"

白虎同学倔强的眼神里似乎闪出一丝泪光。

"好沉重的话题。萨长同学，你怎么看？"

这时候他竟然将话题抛给了我。

实际上，我从来没有关注过福岛家的事情，因为赌场和高利贷离我很遥远。啊，对了，我所居住公寓的房东说不定就是福岛家的，这让我不禁想起自己在门上挖的洞和在墙上的涂鸦画，明明是租住别人家的房子还这样糟蹋，真是不应该。我跟福岛家并非完全没有关联，所以我选择性地回答了这个问题。

"我对赌场和高利贷不是很了解，所以没有发言权，但是如果没有地主和房东可不行。"

"哦，这是为什么呢？"

"因为对于租房的人来说，如果没有他们的话，就没有住的地方了。"

"非常好的切入点。但白虎同学对你的意见一定是不认同的。"

过了几秒钟，白虎同学点了点头。

"白虎同学一定认为，一出生就能拥有很多土地和家产并且能靠这些家产赚钱的人是很狡猾的，我猜得对吗？"

又隔了几秒，这回白虎同学用她细小的声音答道："是的。"

我心想，本来就是这样的吧，这个世界原本就是这样子的，也是无法改变的。

"实际上打理继承来的财产也是非常辛苦的。不是有句俗话叫'坐吃山空'嘛，不管怎么说，我现在只能够说我能够理解白虎同学的心情，至于孰是孰非，我还是做不了判断。"

我说完，又总觉得难以释怀。

"萨长同学，你似乎欲言又止呀。"

"该怎么说呢？总觉得遗漏了什么似的。"

"真是狡猾，算了，放过你了。"海舟老师笑眯眯地说道。

"萨长同学给出了非常诚恳的意见，非常感谢。是啊，这里他避开了一些话题，但是这是一时的回避，当夏天到来的时候，大家就要做好迎难而上的准备了，我很期待那个时候的到来。"

白虎同学也点了点头，笑容再次浮现在她脸上。

"既然回避了，那么高利贷和赌博的话题今天也到此为止。到了夏天，我们再重启这个话题。那么，我也给出三个职业，为我们这一节课画上句号。"

话未说完，海舟老师已在黑板上写下了三个职业。

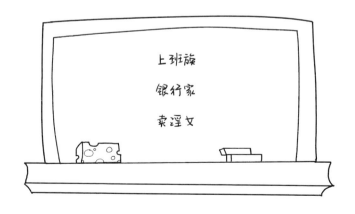

喂喂，这样写不好吧。

海舟老师也连忙说："哎呀，这样不太好，现在做事都要讲究男女平等。"说着将"卖淫女"后面补充了"卖淫男"。

欸，问题不在于此吧。

"那么，二位知道什么是卖淫吗？"

白虎同学很认真地点了点头，我也尽可能摆出正经的表情，点点头。

"就是贩卖虚假的爱的职业，可以说是人类最古老的职业了，这个职业不能略过。下次上课是连休假期之后了，所以作业就是请针对以上三种职业，从对社会有价值和无价值的角度认真思考。那么，我们下次课见！"

说完，海舟老师转身离去。白虎同学笑着说："今天的黑板要好好擦干净呢！"黑板上曾经出现的面包房师傅、卖淫女、老师等字，好像从未出现过一样，黑板被擦得非常干净。白虎同学放下黑板擦后，朝我伸出手。

"萨长同学，今天谢谢你了！"

我突然愣住了，哦，她是要跟我握手，我这才反应过来。我们用力握了握手。

白虎同学说完"下星期见"便走出教室。我回味着刚刚跟白虎同学握手的那个感觉，转身看了看空荡荡的教室，忽然非常期待下一次课赶紧到来。

5月

第4堂课

为什么会发生雷曼风暴

　　连休假期结束后的第一个星期一，我上完了史上最无聊的课，终于迎来了盘算社团的课程。这次的作业我可是有备而来，不只是因为多出了一周的准备时间，也因为我答应了白虎同学要好好准备。

　　事情发生在我在教学楼前藤花架下挑战"打马蜂绕圈跑"的时候。这是我们学校每年的传统挑战项目，选手先用扫把敲打十次开满藤花的棚架，再以最快的速度绕棚架跑十圈，就是这么简单。但是，这个季节的藤花架上聚满了马蜂，光是要赶走被惊动的马蜂，逃进教学楼，今年就已经有两个人在这么疯狂的试胆游戏上栽了跟头。大家为什么要做这么愚蠢的事情，至今仍是个谜。但是一旦有人挑战成功，他就能被大家刮目相看。像三班的岩国学长就是传说中的勇士，他用扫把击落马蜂窝而且跑满十圈的"纪录"至今仍被大家津津乐道。

抱着试试的心态，连休假的某天午休时间，天气正好，我使劲敲打藤花架，头也不回地往前跑。然而，我才跑到第二圈就被绊了一下，为大家示范了什么叫完美的脸部着地。当时我已经做好了死在马蜂手里的心理准备，在远处看"戏"的同学们齐声呐喊，"喔哦！"我忍着疼痛，跪在地上时，因被沙子迷了眼睛而变得一片模糊的视线中，隐约出现了一个挥舞着白布的身影，白虎同学正甩开漫天飞舞的马蜂飞奔过来，"快点！站起来！过来这边！"

我跳起来，跟在白虎同学的后面狂奔。耳边传来同学们的奚落声。我们一起跑进了教学楼老师办公区的侧门，紧紧拉上了玻璃门。我上气不接下气地一屁股坐在地板上，白虎同学则靠着门松了一口气。我这才发现她刚才手里挥舞的是校服。

路过的任课老师冲着我们大骂："喂！不是说过不准玩儿那个游戏吗？！怎么连福岛同学都不听话！"我想反驳，但喘得说不出话来。白虎同学灵机一动，回答："是我们经过走廊的时候，马蜂刚好飞过来的。"老师对我们说："你们去医务室吧。"医务室就在老师办公区隔壁，但现在校医不在。

"先把脸洗了吧，你流了好多血。"

我在洗手台冲掉了脸上的沙子，擦伤的地方碰到水就痛得要死。

"谢啦……还有，对不起。"

"道谢就算了，为什么要说对不起？"

"连累你被当成共犯，明明你只是来救我的。"

"这种小事不用放在心上。"白虎同学边说边把蘸了双氧水的棉花按在我的伤口上。虽然很刺痛，但我努力装作若无其事的样子。

"你们男生真奇怪，为什么要做那样的蠢事呢！明明一点好处都没有。"

不仅一点好处都没有，还帮不上任何人。我突然想起盘算社团的讨论。

"啊，这个跟昆虫学家的性质一样。"

白虎同学貌似也想到了同一件事。我说："昆虫学家不会用扫把打马蜂，比我有用多了。"白虎同学先是"扑哧"一笑，后来开始哈哈大笑。我也跟着笑了。

"可是这跟那种没有理由，就是想做某件事的感觉真的很类似。马蜂应该已经散了吧？"

白虎同学嫣然一笑，站起来，走到门口时回头跟我说："盘算社团再见，记得要好好写作业哦。"

海舟老师看到我脸上的伤，先是满脸笑意地说："呦，这可真是够惨烈的。是光荣的伤痕吗？”然后又说：“不对，这应该……只是摔了一跤吧。”

真敏锐。

白虎同学笑着说："他在玩打马蜂绕圈跑的时候摔倒了。"

不行，光这样说海舟老师听不懂吧。

"那个游戏还在继续啊？！我记得应该是从我入学两三年前开始的，藤花架搭好的第二年，不知道从哪个家伙开始玩起这个游戏。"

原来海舟老师是这所学校毕业的啊。只见他得意扬扬地抖动着双肩问我："你有被马蜂蜇到吗？"

"没有，幸亏有人救了我，才没被蜇到。"

"哦，那你在那个朋友面前暂时抬不起头来了。"

我瞥了一眼白虎同学，只见她扬起嘴角，微微一笑。

"虽然是蠢到家的传统，但社会上多的是这种要经过一些仪式，才能被视为可以独当一面，成为大人的例子。尤其是男孩子，萨长同学，请努力再挑战一次。"

海舟老师朝我眨了眨眼。虽然听起来很有道理，但老师怎么可以这样鼓动学生。

"我觉得打马蜂绕圈跑这种不知该说是无论如何都想尝试，还是因为想做所以去做的事情，跟昆虫学家很相似。"

"原来如此。"

海舟老师摸着下巴思考了一下，问我们："你们听过'天职'这两个字吗？"

"是不是指适合自己的工作？"

"没错。英语是 calling。"

天职 = calling

"意思是这份工作正在呼唤你。这种形容方式很酷吧。不过，不只是这个，我认为其中也包含很严肃的内容。"

海舟老师从黑板前走回我们的座位中间。

"萨长同学，你将来想做什么？"

"你是指梦想之类的，而不是能做什么吧？"

"你还是初中生，说说你的梦想吧。"

"我喜欢把玩机器，所以将来想从事机械设计或发明之类的工作。"

"原来如此，白虎同学呢？"

"只要我能养活自己，做什么都行。"

一个人啊，白虎同学大概是想早点离开家吧。

海舟老师并没有追问，以"两位同学都很实际呢！"迅速地打了圆场。

"海舟老师呢，您以前想做什么？"

"我想成为一名研究物理的学者。"

海舟老师的嘴角边浮现出一抹微笑，那抹笑容中有些寂寞。

"直到考上大学我都紧抓着那个梦想不放，但终究还是放弃了，因为那不是我的天职。"

"为什么会觉得那不是您的天职呢？"

海舟老师仰望着天花板，陷入沉思，然后目光望向操场。

"我在美国读大学的时候，有个朋友叫拉吉夫，他是从印度来的留学生，我们住在同一间宿舍。我十八岁才从英国的国际学校毕业，考上大学，但他十五岁就考上了大学。"

他跳级了吗？只要够优秀就能跳过好几个学年。

"他是真正的天才。我升入大学三年级的时候，他已经进入研究所了。他有着惊人的记忆力，也就是所谓的'一目十行'，'过目不忘'，凡事只要看过一次就不会忘记。再加上他的数学天分也很出众。"

白虎同学喃喃自语："可是，如果任何事情都过目不忘，其实也是挺痛苦的。"

"拉吉夫也这么说。有些难堪的场面或者令他火冒三丈的事情，不管过了多少年，都还会清晰地浮现在脑海，害得他睡不着觉。"

那真是太难受了，还是适度地健忘比较好。

"但是我真的非常非常羡慕他。他是个就算我重新投胎也望尘莫及的天才，而且还是异于常人的工作狂，经常熬夜做研究。看到他那样，我就放弃物理学了。"

"可是就算赢不了那个人，您也可以继续做研究吧。"

"我受到打击并不是因为没有他那样的才能，而是发现自己不像他那样热爱物理学。我没有他那种无论发生什么事，都想研究物理，不然就什么事都做不成的冲劲。是他让我明白，物理不是我的天职。"

白虎同学目不转睛地凝视着海舟老师，缓慢而用力地点头。我也摆出理解了的表情。海舟老师边说"所以我就昂首阔步地走向人生的分岔路口"，边看了看表。

"你们等一下有空吗？"

我与白虎同学四目相对，不约而同地点了点头。

"哦，真默契，看来团队意识已经开始萌芽了。那我们一起去喝茶吧。我去跟你们的班主任老师说一声。请带着你们的东西，我们十分钟后在北门集合。"

海舟老师说完就走出教室，留下我和白虎同学大眼瞪小眼。白虎同学笑着说："走吧，既然老师都这么说了。"

奔驰车划出一道弧线，停在了酒店前的环形车道上。白虎同学从左后方的车门下车，戴着雪白手套的小哥帮忙撑着车门。我也跟着下了车。

海舟老师走向偌大的大门处。车子就这样放着不管，没关系吗？我回头望去，一位小哥正在把车子开进停车场。

我还是第一次踏进这家几年前刚盖好的酒店。以前经过附近的时候，妈妈曾说："我真想住一晚这种外资酒店。"爸爸却一脸不屑地说："住一晚不含早餐也要5万~10万日元，这根本就是在敲竹杠嘛。"那时候，这家外资酒店就被归类在"与我无关的清单"中。福岛家也是在这张清单里。

那时的奢望如今变为现实。酒店的天花板出奇的高，从一面通到天顶的透明玻璃墙，可以看到整个院子。午后的阳光透过玻璃洒满大厅，酒店服务员的脸上都挂满了笑容，感觉好舒服。

海舟老师走下一段短楼梯，然后坐在一张沙发上。那片稍微下沉的地方好像是咖啡厅。我在海舟老师对面的沙发上坐下。

"欢迎光临，这是下午茶的菜单。"

有位中年大叔不声不响地走来，递上咖啡色的皮革封面的菜单。他身穿的黑色制服上一点褶皱都没有，搭配雪白的衬衫和红色的领结。脸上挂着标准式的笑容。

海舟老师没看菜单就直接说道："我要一杯威廉斯王子茶。"中年大叔问白虎同学："小姐要俄罗斯红茶对吧？"白虎同学点点头。中年大叔敢情是会读心术吗？

海舟老师问白虎同学："你常来吗？"白虎同学回答："周末偶尔会来。"原来她是老顾客啊，难怪。

只剩我还没有决定要喝什么了。我翻开莫名沉重的菜单，上面罗列着看似红茶或咖啡的名称，但我根本分不清楚。急死我了。好，就来杯混合果汁吧。正要开口点餐时，看到价钱，我的眼珠子差点儿惊得掉出来。一杯果汁就要1 500日元……中年大叔的眼神里传递出"等你决定好了再叫我"，随时都要走开的信息。既然如此，只好等决定了要喝什么再把他叫过来吧。

这时，我想到了一个好主意。

"俄罗斯红茶好喝吗？"

"嗯。"白虎同学笑着回答。

"那我也来一杯俄罗斯红茶吧。"

"同时请给我们三份司康套餐。"

打着领结的大叔毕恭毕敬地说："好的。"随后就退下了。

不一会儿，三人份套餐端了上来，饮品旁边还摆着印有漂亮花纹的盘子，每一份里都有两个司康。白虎同学用汤匙舀起草莓果酱，放进红茶里，搅拌均匀。原来如此，这样看起来的确很好喝的样子。

"你们都以为俄罗斯人这样喝红茶吧？其实不然，俄罗斯人是边喝红茶，边舔汤匙上的果酱。"

感觉那样吃也会很美味。我喝下一口日式俄罗斯红茶，很好喝。反而觉得俄罗斯人也不用舔汤匙了，直接搅拌到红茶里多方便。

白虎同学拿起司康说："我们要在这里讨论作业吗？"

"这里的确不太适合大声讨论卖淫或高利贷的话题呢！"

隔壁桌的老夫妇一脸诧异地望向我们。

老师，您太大声了。

"这次我想深入探讨之前我举的例子中比较无关痛痒的职业，你们认为是什么？"

我稍微想了一下，说："其中一个是上班族吧。"

"答对了。白虎同学，你认为上班族对社会有帮助吗？"

"我认为有没有帮助，因人而异。"

这一点我也困惑了很久。就拿公司领导来说，他们有时不在反而能使工作更加顺利地进行下去。

"你的意思是说 case by case 吗？那么如果把上班族看作一个集团的话，萨长同学，你认为他们对社会有没有帮助？"

"这要看公司吧。如果所服务的公司对社会有帮助的话，在那里工作的上班族自然是对社会有帮助的。"

"正是如此。换句话说，上班族应该谨慎地选择工作。被誉为世界上最伟大投资人的巴菲特曾说过'如果是不值得做的事，做得再好，也没有价值'。如果上班族在对社会没有贡献的公司工作，无论个人怎么努力，也无法对社会产生贡献。"

听起来合情合理，但如果上班族是埋头苦干之后才发现自己的公司对社会没有丝毫贡献，大概会很受打击吧。

"话说回来，我还列举了一种上班族从事的职业，你们还记得是什么吗？"

白虎同学立即回答说："银行家。"

记性真好。

我问海舟老师："银行家和银行职员有什么不同吗？"

"之所以用这个有点跟不上时代的字眼，是因为我在脑海中想到的是相当于英语中'banker'的职业。这些人具有丰富且专业的金融知识，就像音乐家、艺术家或政治家一样，听起来很了不起吧。但银行职员只是普通的上班族，感觉有点像行政人员。那么请问，银行家或者银行这门生意对社会有没有帮助？"

实际上，不久前我在其他课上也参与讨论过这个问题。

"我认为是有帮助的。把钱存到银行里，我们就不用担心小偷了，就可以很放心。银行把大家存的钱借给公司或者需要购房贷款的人，也是很重要的任务。"

"真是完美的标准答案，是谁教你的？"

哪有人教我……只是曾在其他课堂上学习到的知识而已。

"你说的没错。银行的工作就是让金钱顺利地在有多余金钱的人与需要金钱的人之间流通。除此之外，回答客户千奇百怪的问题、提供经营和资产运用的建议，也是银行职员的工作。只是没想到会有人把银行职员随口敷衍的建议当真。"

真是夹枪带棒的一番话。海舟老师莫非很讨厌银行？

"往后我们会再详细地探讨银行扮演的角色。今天先就对社会有没有帮助这一点进行讨论。首先，银行是有帮助的组织，银行家是极为重要的职业。如果没有银行家的话，世界的秩序就会变得混乱。不过，就算银行家这么重要，也不代表银行做的事都对社会有帮助。"

海舟老师探出身子，我也跟着稍微把身子往前倾。

"你们俩听过'雷曼风暴'吗？"

我曾在电视上播出的纪录片里看到过这个词语。

"2008年有家名为'雷曼兄弟'的知名银行宣布倒闭。谁也没料到规模那么大的银行会倒闭，所以当时市场陷入了'接下来轮到哪家银行遭殃？'的恐慌中。银行之间停止借贷，整个金融系统的功能几乎全部停止运行。"

白虎同学问："银行也借钱给银行吗？"

"银行每天在世界各地相互借来借去的金额犹如天文数字，而且是今天借、明天还的超短期借款。资金不足的银行向有闲置资金的银行借钱，以补足账面上的亏空。一旦停止以上流动，资金的通道就会大塞车，结果造成全球性金融恐慌，这就是所谓的雷曼风暴。"

我问老师："所谓全球性金融恐慌，是我们在历史课上学到的那样吗？"

"是的。全球陷入金融恐慌之中，企业一家接着一家倒闭，失业人口急速攀升。教科书上提到的是 1992 年以后的大恐慌，其原因最远可以追溯到第二次世界大战。"

原来不久前发生过这么严重的事情，我都不知道。

"可是你们不觉得很奇怪吗？原本是对社会有帮助的银行怎么会突然倒闭，而且还是历史悠久、名门中的名门？"

这么一说的确很奇怪。

"追根究底才发现，危机来自雷曼及其他随便答应借钱给低收入家庭的银行。它们让人们背上金额高到自己根本无力偿还的房贷。房价持续上涨时当然没问题，问题是这种融资泛滥的状况根本不可能持久。一旦房价下跌，还不起房贷的人就会持续增多。"

海舟老师把茶杯拿到嘴边，大概是等我们消化吸收刚才讲的内容吧。

"所以，当银行借出去的钱收不回来时，银行就会亏损吗？"白虎同学问道。

海舟老师摇了摇头。

"更严重的问题还在后面。欧美的大银行不只是胡乱借钱，还利用证券化这种特殊的手法，把自己应该负的责任分担给全世界的投资者。所谓证券化就是把'借钱'这项交易本身卖给其他银行或投资者，这是一门非常高深的学问。"

交易本身要怎么卖啊？我有点跟不上节奏了。

"复杂的交易本身不是重点，重点在于银行应负起责任把借出去的钱收回来，而银行利用证券化却把无法到期偿还债务的风险硬塞给别人。那么，购买这种证券化产品的人自然也难辞其咎，因为他们只看到了眼前的利益，没搞清楚内容就随便购买。即便如此，我认为还是不顾后果地将房屋贷款证券化，并且疯狂大甩卖给投资者的银行要多负一点责任。"

"我不太懂那是什么，疯狂大甩卖会有什么下场呢？"

"欧美房价莫名其妙地持续上涨的那些年，这种交易多得不得了，结果让全世界都坐上了同一艘贼船。一旦哪里出现了漏洞，就会演变成连锁反应一样的亏损。原本跟垃圾没什么不同，没有人知道真正值多少钱的东西一下子激增到几十兆。然后突然有一天，船撞上了冰山。"

海舟老师说到这里，停顿了一下。

"就像神秘的'抓鬼牌'游戏，不知道鬼牌在谁手里，大家轮流抓，渐渐地，'感觉怪怪'的牌越来越多，回过神来，所有人都拿到了一手鬼牌，谁也逃不掉。"

这个游戏实在不利于心理健康。

"我再说一次，复杂的细节并不重要，问题的本质在于优秀的银行家为什么要做这么蠢的事。或许有人真心以为自己的工作是空前绝后的新技术，但那种人真是傻到不能再傻了。真正优秀的人明知道这么做迟早会引火上身，但还是硬着头皮干。"

白虎同学问："为什么？"

"因为能赚钱啊！"

"咦，怎么能赚钱呢？银行不是亏损了吗？"

"银行赚不到钱，赚钱的是银行家？"

听不懂。银行一旦亏损，银行家不是也会赔钱嘛。

"说得再极端一点，就算银行倒闭，银行家也无关痛痒，只要趁着银行倒闭前把该领的奖金领到手就可以'跑路'了。你们知道欧美银行高层的薪水有多惊人吗？至少是萨长同学父亲年薪的 100 倍、1 000 倍。这种说法一点也不夸张。以美国某银行总裁为例，他在雷曼风暴前领的奖金有好几十亿美元，难以置信对吧。他们的理由是只要能让公司赚到更多的钱，就有坐领高薪的资格。"

要是我有那么多钱，就能毫不犹豫地多点几份司康了。

"我还想再吃点儿点心，但时间不够了。"

我们一起望向大厅墙上的时钟，时间确实不早了。

"虽然才讨论了一半，但银行家的话题就先到此为止吧。"

海舟老师握着拳头，对打领结的中年大叔轻轻摇了两下。

我问白虎同学："那个手势是什么意思？"白虎同学告诉我："那是签名的动作，表示要买单的意思。"

果不其然，中年大叔走到桌子旁边，附在海舟老师的耳边低声说了几句话。海舟老师微微皱眉，平静而坚定地说："不可以这样。"然后中年大叔看了白虎同学一眼，静静地离开。

结完账，我们从大门口走到行车道上，小哥迎上前来："您要回去了吗？"过了一会儿，小车便迎面开来。海舟老师向小哥道谢："每次都麻烦你了。"然后海舟老师坐上驾驶座，小哥绕到车后面，为我们打开后座的门。

回程路上，白虎同学说："要是让您觉得不舒服了，我向您道歉。"我不知道她在说什么，海舟老师回答说："没事，其实让你请客也没什么大不了的。"

他们在说什么啊，对了，差点忘了。

"谢谢老师，红茶和司康都非常美味。"

海舟老师与白虎同学的视线在后视镜交会，同时笑出声来。我说了什么奇怪的话吗？

"不客气。可是啊，萨长同学，有一句话是这么说的，世上没有比免费更贵的东西哟。"

有什么东西会比免费更贵呢？我还在思考时，白虎同学也说："谢谢老师。"海舟老师只应了一声："别这么说，让你见笑了。"

相约在图书馆

星期五傍晚，我为了寻找盘算社团作业的灵感，动身前往学校的图书馆。

我翻了几本与职业相关的书和一本《金钱的秘密》，却没有任何收获。也对，初中的图书馆怎么可能会有以高利贷或卖淫为主题的藏书。

正打算放弃回家的时候，我的视线一扫捕捉到了白虎同学的身影。她就站在角落，利用书架和自己的肚子撑住一大本书，看得可专心了。那个区域叫"乡土历史与校史"，在穷极无聊的图书馆中算是最无聊的区域了。

"你在看什么？"我问她。白虎同学现出一副吓了一跳的惊愕表情。这种反应未免太伤人了，我真后悔与她搭话。

"没什么，我只是随便看看。"白虎同学边说边把书放回书架上。

"我来找作业的灵感，但好像白跑一趟了。"

"我想也是。因为那个社团太不按常理出牌了。"

"就是啊，真的很怪。作业怪，老师也怪。"

"我要回去了。"白虎同学莞尔一笑，转身离开。

我望向白虎同学看的那本书所在的书架，架上陈列着创校以来所有的毕业纪念册。

她看这个做什么？刚想到这里，肚子发出"咕噜"一声响。今天晚饭吃什么呢？

第5堂课

银行家赚钱，全民亏损

　　"来吧，我们继续讨论上次开到一半的茶会话题，原本应该很优秀的银行家为何做出让全球陷入混乱的蠢事呢？萨长同学，你还记得这个议题吗？"

　　"上次讨论到银行就算亏损，银行家也能分到很多奖金。"

　　"感谢你简明扼要的整理。这是因为有一部分银行家设计出很具有迷惑性的产品，大量甩卖给投资者，然后银行家拿到奖金后就逃之夭夭。"

　　虽然我还是没有听懂，但这样的银行家听起来很可恶。

　　"于是吸纳了全球首屈一指的优秀人才的银行就这么倒闭了。那些银行家干的明明是与欺诈无异的勾当，却能趁银行尚未倒闭的那几年获得令人难以置信的高额报酬。事实上，接下来造成的影响才更严重。"

还能比以上提到的状况更严重吗？

"雷曼兄弟破产时，全世界的资金都卡住了，各个银行间疑心生暗鬼，不再互相借贷资金，且银行也不再借钱给企业或个人，这让全球经济只差一步就陷入大恐慌。但总算在最后一刻，规避掉了最坏的结果。国家宣布替银行还钱，提供资金给岌岌可危的银行，撑起整个银行系统。虽然我想说这件事总算在千钧一发之际和平落幕，但真正要追根究底的话，国家或政府的钱又是谁的呢？"

海舟老师停顿了一拍。

白虎同学回答道："是纳税人的钱。"

"正是。银行要是接连倒闭，全世界都会受到重创，所以国家必须出面拯救银行，由纳税人买单。"

海舟老师又停顿了一拍。也就是说，这件事跟与银行家八竿子打不着的我们也有关系。

"整理一下就会产生以下的情景：少部分的银行家拿投资者的钱进行一场豪赌，赢的话只有自己赚大钱，输的话就由所有纳税人买单，这种金钱游戏就是如此荒谬。当然不是所有的银行，也不是所有的银行家都是这副德行。大部分的银行家都是为了为社会谋福利，在处理资金运用的银行里老老实实、本本分分地工作，但就是有少部分的'老鼠屎'会中饱私囊，从中牟取暴利。"

暴利再吸引人，也不能拿别人的资金来满足自己的私欲。

"姑且称这种满肚子坏水的家伙为'跳蚤军团'好了。跳蚤军团平常就日进斗金，默默地领取高额奖金。如果这时再发生类似雷曼风暴的危机，金融市场就会陷入一片混乱。市场的可怕之处就在于一旦混乱起来，单靠人类的力量根本无法摆平。"

听起来真可怕。不过，跳蚤军团这个名字取得真好。

"这时，跳蚤军团就会威胁政府和社会，再这样下去会陷入全球性规模的恐慌，向我们伸出援手才能保你国泰民安哟。说来荒谬，歪理一旦说得理直气壮，真能取代真理。跳蚤军团也会做出一点牺牲，以此得到社会的援助，苟延残喘地活下来；又或者等到这一轮风波过去，一批新的跳蚤军团又会产生。"

海舟老师一口气说到这里，站起来，走向窗边。

"那种银行家对社会没有帮助。"

白虎同学的一句话让气得半死的我回过神来。

"接下来请发挥盘算社团的本领，白虎同学的看法是？"

"跳蚤军团不仅没帮助，还给社会添麻烦。"

海舟老师笑着说："添麻烦是吗？说得好。"我也跟着笑了。

"我认为他们不止添麻烦。称他们为跳蚤都客气了，跳蚤不会带来致命的危害，只是永远寄生在宿主身上，二者之间还算和平共处。但像跳蚤军团那些不良银行家已经超出寄生虫的领域，从长远的角度来看，可能会对宿主的健康，亦即全球的经济秩序，造成重大损害。"

一点也没错，越听越觉得他们罪该万死。

"日本社会主要采用资本主义经济体制，而资本主义最重要的基础就在于对社会有贡献的企业或人应该得到正确的评价。对社会提供有帮助的发明或服务的公司和认真工作的人才能为世界带来财富，企业及个人都应该得到与其贡献程度相匹配的报酬。这种'对社会有贡献的人都应该有所回报'的体制是经济至关重要的引擎，'市场'则从根本上支撑这种体制，因此我们的经济体制也被称为'市场经济'。"

市场经济

"市场是撮合买卖双方，使其针对产品或服务协商出一个合理价格的场所。跳蚤军团却让这个市场经济的根腐烂了。从长远的角度来看，那群人只会危害社会，却坐拥高薪、高奖金，这简直莫名其妙。财富分配一旦失衡，经济效率就会下降，民众的不满及不平等的情绪也会不断累积，破坏民众对整个社会的信赖。那群人岂止是跳蚤，简直是扼杀经济发展的病毒。"

海舟老师今天说的话，我有一半都听不懂，但仍能感受到他的愤怒与厌恶。

"您为什么这么痛恨跳蚤军团？"

海舟老师回到我们前面的座位，笑着说："因为我曾经也是跳蚤军团的一员。"

教室里突然变得鸦雀无声。

"我以前在金融行业做了很多年经济分析的工作，专门分析市场中特别小、特别复杂的经济问题，这个职位被称为'计量金融研究员'。这么专业的术语连大人也不知道，所以你们不用记。"

我提出单纯的疑问："可是物理学和金融差很多耶。"

"其实大同小异，用到的数学知识几乎一样，只要掌握其中的诀窍，就能胜任。实际上，我身边就有很多人从物理领域转行到金融领域。"

"老师是想从事与拉吉夫完全不同的工作吗？"

"白虎同学，你真是太犀利了。没错，我心存要多赚一点钱，给天才一点颜色瞧瞧的念头。说来讽刺，我还真有些计量金融研究员的天分。原来我的才能适合发挥在'邪门歪道'的地方。"

这是聪明人才有的烦恼。

海舟老师叹了一口气，仰头望向天花板。

"有件事我到现在都还记得很清楚。我父亲的家族有位人人景仰的大伯父，大伯父曾经是全球数一数二的银行家。我从小就深受大伯父的喜爱，所以当我找到工作时，以为他会很高兴我选择跟他从事相同的工作，特地去他在美国的家向他报告这个消息，结果完全出乎我的预料。当我告诉他我要去银行当计量金融研究员时，他说打从心底里对我感到失望，还说'你真的要把人生浪费在这么没用的事情上吗'？"

海舟老师这次停顿了很久，久到我以为这个话题到此为止了。

"大伯父的话给了困惑的我致命一击。他说'不好意思，你回去吧。今天是我人生中最难过的一天，请你不要再来找我'。"

这句话太狠了。

"但是我也有我的人生理想，所以我打起精神，为银行卖命工作。越做越觉得就像我刚才讲的，我很有这方面的天分，转眼间就出人头地，赚进天文数字的酬劳。一时间被大量的财富冲昏头脑，其间我一共换了三次工作，离过两次婚。"

等等，我忍不住笑着吐槽："换工作跟离婚没关系吧……"

"这你有所不知了，因为赚的钱太多而离婚的案例其实不少。有一种太太叫'花瓶娇妻'，意思是指男人为了炫耀自己的成就而娶个像模特儿一样漂亮的老婆。听起来虽然可笑，但我也做过类似的事。"

老师看起来不像会做这种事的人，但本人都这么说了，大概是真的。

"总而言之，当我赚进大把钞票，以为这就是我'人生的春天'时，金融危机爆发了。雷曼风暴是 2008 年的事，我是前一年就出了状况，细节我就不说了。总之是 2007 年夏天的某一天，运用高等数学技巧的计量金融研究员突然一个接一个地离职。这看似只是一个微不足道的导火索，却让市场呈现出与过去截然不同的情况。"

我完全听不懂，但好像是非常重大的损失。

"说太多自己的事了，接下来轮到二位发问。"

"您在银行上班的时候，都没有再见过那位大伯父吗？"

"只有在婚礼喜庆的场合见过两次面。对了，他说过一句令我印象非常深刻的话，'自提款机面世以后，银行再也没有发明出任何对人类有贡献的东西。'这句话再次全面否定了我的工作，我还以为大伯父开始老年痴呆了，但其实真正痴呆的是被欲望蒙蔽双眼的我。"

"您娶第三任太太了吗？有没有小孩？"

白虎同学，你的问题太犀利了。虽然我也想知道。

"我目前单身，因为前两次婚姻都以离婚收场，受打击程度高达百分之百。"

不用计算这种受打击程度也可以。

"两次婚姻加起来一共育有两个儿子、三个女儿，都由前妻抚养，他们放长假才会来找我玩，我也会和他们一起出去旅行。"

还真是难以想象。我与白虎同学面面相觑，忍不住笑了。

"所以呢，当您'人生的春天'结束后，工作怎么样了？"

"春天之后突然进入寒冬，直接跳过了夏天和秋天。长年积累下来的经验全都不管用，越是挣扎反而损失的越多，于是我干脆辞掉了工作。辞职后冷静下来，我才发现自己是个不折不扣的'跳蚤'，可惜发现得太晚了。"

请不要笑嘻嘻地说出这么自虐的台词好嘛，我们会不知该做何反应。

"其实我早就隐约察觉到金融市场中不妙的动向了，只是等离开后我才看清楚。当看见一年后的雷曼风暴那么恐怖，我也害怕自己曾干的事可能会破坏别人的人生。"

我下意识地低声细语："要是能预见未来，您应该也能从中捞一票。"

"真聪明。事实上，我有认识的人在那之后利用末日来临时有利可图的交易狠狠地大赚一笔。"

"请问您那些说出来会令人大吃一惊的薪水有好好地存储下来吗？"

"存是有存，但是我也背负着某种类似负债的东西，所以未来应该会损益两平。"

白虎同学毫不留情地戳穿："啊，难不成是抚养费？"

老师笑着说："正是！因为我是在整个价值观错乱的情况下签字离婚的，所以也是自作自受，正所谓不义之财留不住。"

我不知该做何反应。白虎同学自言自语地说："这句话说得太对了。"空了一拍，我们朗声大笑。

放学后

老师和爸爸是同学?

晚饭时，妈妈拿着明信片说："哎呀，我们要开同学会了。"

"你偶尔也去参加一下这种聚会嘛。"

妈妈没回答姐姐的建议，翻来覆去地看着明信片。

"妈妈是我们这所中学毕业的，对吧？"

"爸爸也是哟。"

这样啊。

爸爸今天又要值夜班。

"那个，海舟……不对，当时学校是不是有位姓江守的同学？"

"江守？"

"没错，长得很像混血儿，个子很高。"

"哦，有啊。是个很高大的男孩子，比我高一届还是两届。"

世界真小。毕竟他们年龄相仿，所以我也不至于太惊讶。

"你是怎么知道这个人的？我都忘得一干二净了。"

"他是我现在参加的盘算社团的老师。他自己说是这所学校毕业的。"

"搞不好，这个人跟你爸爸是同一届的。"

"说不定哟，我想不起来了。"

我好像解开了白虎同学再去图书馆的行动之谜了。

"那……我想看看爸爸的毕业纪念册。"

"不行。纪念册大概在最里面的那个装照片的壁橱里，而且还是在最底层。"

妈妈用下巴努了努壁橱的方向。姐姐打断了我们的对话："别说废话了，快点开饭吧。已经八点了。"

比起翻出壁橱里的毕业纪念册，我还是直接去图书馆比较快。

第6堂课

最古老的职业，需要还是不需要？

"接下来，大家先回顾一下我列举的职业吧。"

结果，我光顾着忙自己的事，还没开始寻找毕业纪念册。

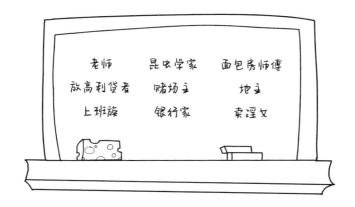

老师　　　昆虫学家　　　面包房师傅

放高利贷者　赌场主　　　地主

上班族　　　银行家　　　卖淫女

海舟老师看着黑板上的字说："其中还有四种职业我们没讨论到。"

放高利贷者、赌场主、地主、卖淫女……真是惊人的阵容。

"今天我们先讨论赌场主和卖淫女。但是在教室里大声讨论赌博和卖淫还是有点不太妥当，咱们可以出去兜兜风，带着你们的东西到北门集合。"

海舟老师丢下这句话后就率先走出了教室。

黑板上的字还在。我和白虎同学苦笑着拿起黑板擦，把字擦掉后才走。

"接下来就是秘密讲座了，我们从卖淫开始。"

身高近两米的中年大叔与两个初中生讨论卖淫，这个画面该怎么形容才好。

"对了，你们觉得为什么会出现卖淫女这种职业。"

沉默一会儿后，白虎同学说："因为人们有需求。"

"没错。照你这种说法，卖淫男也适用啊。所以白虎同学的答案可以换成以下这种说法——因为人的本能。"

白虎同学当然非常不满意这个说法，我也无法附和。

"当然，也有因生活所迫主动去卖淫的人。但历史上长期存在卖淫这一职业，可见其普遍存在的社会土壤。在日本，即使没有卖淫的场所，也有那种漂亮女人或者帅气男人陪酒的店铺，也就是所谓的'特殊场所'。就算是通过金钱建立起来的虚假关系，也有人想借此机会亲近好看的异性。陪酒或者卖淫是建立在人的本能上的生意。"

这个话题对初中生来说会不会太成熟了⋯⋯看来我们溜出教室是对的。

"言归正传，卖淫对社会有帮助吗？"

白虎同学秒答："当然没有。"

"哦？为什么？"

"还为什么！因为违法，因为不好就不对。"

"这种刻板印象真不符合白虎同学的风格。萨长同学，你的意见呢？"

别问我了。

"可以的话，还是不要了。"

"要从理论的角度否定卖淫，看似简单，其实没那么容易。卖淫在现代日本社会的确是犯罪行为，但是直到1957年日本才立法禁止，距离现在才不过半个世纪。即使是现在，像荷兰等国家，人们也可以合法地在政府允许的场所从事性交易。"

原来如此。

"再往前看，卖淫女在以前的地位比现在高很多。日本的花魁、西方专门服侍贵族的高级妓女还是一些文学作品或歌剧中的主角。例如樋口一叶的《青梅竹马》，女主角美登利并不以自己花魁的身份为耻。人们的价值观会随时代及地点而有所不同，放眼古今东西，不管在哪一个时间空间，卖淫、赌博、杀人或者抢劫等犯罪行为都有根本性的差异。"

我们被海舟老师的气势镇住了，说不出话来。

"你们没听过'必要之恶'这个名词吗？"海舟老师紧盯着我们问道。

白虎同学立刻反击："但我认为卖淫没有必要。"

"明明无法让卖淫在社会上消失，社会却又假清高地宣扬应该杜绝，真是矛盾。按理说，应该根除的东西就不应该被赋予社会地位，否则只会让事情变得愈发难以控制。可人类是很软弱的动物，根本战胜不了欲望，所以应该将卖淫视为必要之恶，把伤害降到最低。比如严格管控卖淫场所及其从业人员、保护性工作者的健康与人权、呼吁年轻人不要为了赚点零花钱就作践自己。日本政府应监管性交易的收入，少收税金确实也很重要。以日本为例，广义上的性交易市场的年收入大概可以达到数千亿日元，甚至是上兆日元。"

真的假的？人类的欲望真可怕。

"我确实不赞成卖淫，但是身为现实主义者，我们必须要面对现实，以现实为前提。我再问一次，倘若不违法，卖淫对社会有帮助吗？"

白虎同学陷入沉思，我也静下心来思考。首先，人们既然愿意付出那么多钱，可见他们确实乐在其中，问题在于性工作者。

"请问，要怎么想象性工作者的心情呢？因为他们要么是被迫的，要么就是太贫穷了不得已而为之，总之都很不幸，所以对社会没有帮助。"

"那我们把范围缩小一点，假设性工作者是基于自己的意愿卖淫。"

有人卖就有人买，两相情愿的话，大概也不会妨碍任何人。

错，不是会妨碍整个社会吗？我以前在某电视特别节目里看到一位脸部打了马赛克的高中女生，对采访她的人叫嚣："关你'屁事'，我又没有对任何人造成困扰！"这句话乍一听或许很难反驳，但她的话确实对持有"社会上有她这种人的存在真令人厌恶"这种想法的人造成了困扰。倘若很多人都对卖淫这件事心生厌恶，那么性工作者就会给人们带来困扰。

不，等一下，难道反对卖淫的人占少数，社会就可以允许卖淫吗？感觉也不对。

当我的脑子里开始激烈地辩论时，车子停了下来。

"堤坝到了，我们下去走走吧。"

吹来的风里夹杂着对岸青草的气味，走在堤坝边的行人不时偷瞄这个高大的中年大叔。海舟老师伸了个懒腰说："让我们在晴朗的天空下开心地讨论吧。"

老实说，这个话题实在让人开心不起来。不过初夏的暖阳真的好舒服，确实比躲在车子里讨论要来得开心一点。

　　"萨长同学，你整理好自己的想法了吗？"

　　"实在整理不好……但我认为卖淫不仅没有帮助，对社会反而是有害的职业。就算性工作者和客人都无所谓，还是会对社会带来负面的影响。既然不是比较好的话，最好还是不要存在。"

　　这番话说了等于没说，连我听了都觉得没有意义的话，居然使得海舟老师停下脚步，用力鼓掌。

　　"说得太好了。白虎同学，轮到你了。"

　　"我也赞成萨长同学的意见。再怎么想，卖淫都不是一件好事，我也不喜欢强迫自己接受一个卖淫对大众有帮助的社会。"

　　答案比我简洁有力多了。没错，我也不喜欢那样的社会。

　　"这也是很棒的想法。虽然用'不喜欢'这种表达听起来可能过于情绪化，但这也是基于社会不应该允许卖淫这种行为发生的价值观所产生的见解。"

　　海舟老师依次打量着我们，脸上充满笑容。

　　"非常好，我一直诱导你们认同卖淫这个职业对社会有帮助，否定卖淫只是自我满足，但你们成功地避开了我设下的陷阱。"

什么嘛，说得那么起劲，原来是个陷阱！

"因为有一个词组是 devil's advocate，直译是'魔鬼代言人'。意思是无论自己的主张是什么，都要彻底地扮演好反对派的角色。这是适用于辩论的技巧，这么做可以使议题在被反驳的过程中被探讨得更加深入。"

有点像我跟姐姐吵架的时候，争执的都是说不明白的歪理。

"这么一来就破案了，因为我也不想继续被白虎同学讨厌下去。就算是大人，也有人会把这种讨论当真，朝魔鬼代言人发脾气。"

白虎同学瞪大双眼，笑着伸出手。是和解地握手吗？

"虽说在下不才，但是敢对老师提出反对意见，而且据理力争，白虎同学你真是了不起。"

"多亏了萨长同学先帮我点出问题所在。"

"我才应该感谢白虎同学呢，瞧你气成那样，我哪还敢赞成卖淫啊。"

"啊，你真是哪壶不开提哪壶。"白虎同学说。

我连忙否认："没有，那个……"

白虎同学笑着说："骗你的啦，我的确不够镇定，完全被老师唬住了。"

海舟老师让我们在电车行驶而过的铁桥前坐下。楠树在地上投下巨大的树影，风轻轻地吹着。

"那我再问萨长同学一个问题，卖淫女是'窃取'者吗？"

来这一招吗？我花了很长时间思考，才回答："我不知道。既然卖淫女对社会没有帮助，好像可以归类到'窃取'里……但是又好像不太对劲。"

"哪里不太对劲呢？"

"如果卖淫无法消失，那么就永远会有人从事这一行，单纯地用'窃取'来形容这个行业真的好吗？"

"原来如此，照我的观点来补充的话，卖淫是必要之恶。倘若卖淫是社会上必须要有的工作，那么光用'窃取'一词来形容不是很不负责任吗？"

海舟老师的话驱散了我心中的迷雾，白虎同学又是怎样想的呢？我望向她，只见她低着头，表情很严肃，用手抱着膝盖的身影仿佛是在保护自己，与刚才判若两人，我有点不知所措。海舟老师慢条斯理地对我点头，以眼神示意"给她点时间"。

漫长的沉默后，白虎同学终于开口："海舟老师，照您的说法，赌场也是一样的。"

赌场？怎么会扯到赌场？我看着海舟老师，他正对我微笑。

我也冷静下来，慢慢回想。赌场跟卖淫一样，最好能从世界上消失，可就算是法律禁止赌博，赌博也不会消失。的确，它们很像。

　　想到这里，我突然觉得好生气。这么说不等于是告诉那些为人父母的人，辛苦工作养大的女孩子，可能会成为卖淫女吗？海舟老师居然还笑得出来，真是个差劲的家伙。我瞪着海舟老师，海舟老师看看我，平静地摇摇头，视线回到白虎同学身上。我仿佛被牵引，也望向低着头的白虎同学。

　　过了好一会儿，白虎同学慢慢地抬起头，直视着海舟老师。

　　"请继续说下去，我想知道是否是自己为了想当个好孩子，而一味地怪罪父亲。"

　　她的眼神十分坚定，让我的同情失去了意义。我心里的怒火熄灭了，取而代之的是尊敬。

　　"先不讨论个案，我只能就我个人的理解提出一般人的观点，这样可以吗？"

　　"可以。"

　　我插不进他们的对话。我陷入沉思，同时胸口一阵刺痛。这股从未有过的感觉是怎么回事？

　　"善意与恶意、光与影并存是这个世界的常态。历史上，充满理想，且有所作为的青年要多少有多少，他们也会在酒馆、卖淫场所、赌场消遣……但在这些人中，获得成功的人少之又少，甚至可以说几乎没有。社会伴随阴暗面运转，也是有人类自身的原因。那么我们该怎么做？我们只能朝着缓和的方向去努力，寻求最佳的解答。"

海舟老师摘下眼镜，望向远方。

"比如说，大家心照不宣的阴暗角落存在于普通人住的光明城市里。虽然生活中难免有黑暗的角落，但其力量不会大到把所有人都吞噬。有人活在黑暗里，也有人在窥视，大家默认阴暗角落的存在。迫使黑暗产生的人也得负起责任，遵守一定的秩序，不能让黑暗肆无忌惮地侵犯光明世界，例如未成年人卖淫。"

意思是要界定安全地带与危险地带吗？

"我更偏向于用内行人和外行人来形容。这是跟山本夏彦这位前辈学的。以内行人与外行人来形容的话，酒家女或演员这种比较特殊的职业就是内行人，外行人则是一般人。原本就是从'一个道内''一个道外'引申过来的用法，用来形容光和影刚刚好。以前内行人与外行人的世界有一条分割线，外行人唯有通过内行人的组织、黑社会势力或游廓①才能成为内行人。经营歌厅酒场的人也知道自己走的路并非正道。卖淫或赌博也一样，是活在'那个世界'的人赖以为生的工具，外行人就算接触到那个世界，也会及时回头。"

---

① 江户时代初期官方认可的妓院，以围墙、水沟等所包围的区域，便于集中管理。——译者注

"万一回不来会怎样？"

"会身败名裂。放眼古今东西，外行人因为迷上酒家女或赌博而身败名裂的例子要多少有多少。外行人瞧不起内行人，是因为内行人做的不是正经生意，钱赚得再多也是亏心钱。而外行人之所以畏惧内行人，则是因为内行人做的事是由于人的天性，而且是破坏力十足的营生。"

破坏力是指不能随便出手吗？

"歌厅酒场一向是让人背离理想的存在，有些甚至有害。然而人世间是由表里两面构成的，缺一不可。我们也要接受负面的部分，内行人亦然。"

"我讨厌这样。这是谁决定的？又是什么时候决定的？"

"萨长同学，你认为这是谁决定的？又是什么时候决定的？"

冷不防地被问到，我一下子答不上来。

"我只能说，这大概是很久很久以前自然形成的。"

"很好，你没有说这些都是大人的错。我们总是在亡羊补牢。其实世界早在我们出生前就在自行运转，我们是后来才加入的。"

现在的大人以前也是婴儿，所以他说的或许没错。

"要是没有内行人，社会也无法运转。顶多只能减少害虫，不可能完全消除。换句话说，内行人也是人类社会不可或缺的齿轮，用'窃取'一词来认定他们的罪行不是很傲慢、很不负责任吗？"

海舟老师以疑问的方式停了一会儿才接着说："以上是我的想法。一言以蔽之，也就是所谓的'海纳百川，有容乃大'。意思是说海洋之所以广大，是因为容纳了百川，不分清浊，善恶都能接受才是大人应有的肚量。"

回过神来，太阳已经西斜。我不知道该说什么才好。白虎同学低着头，陷入沉思。

夕阳西下，河边弥漫着一种沉重的气氛。

过了好一会儿，海舟老师起身说："差不多该走了，我送你们回家。"

我也站起来。

"我还要再待一会儿。"

我与海舟老师对看了一眼。

"了解，那我们今天就各自回家吧。"

我还在犹豫要不要留下来的时候，海舟老师把手放在我的肩上。"萨长同学，我们走吧。"大概她想一个人静静。

我向车子走过去，回头看白虎同学的时候，她始终直勾勾地望着草地。

第7堂课

战争与军人

　　那天以后，我有好几次在走廊上与白虎同学擦身而过，却始终不晓得该以什么表情面对她，该说些什么才好。我觉得白虎同学也在回避我的视线。

　　不想再这么尴尬下去，我决定今天一定要好好地面对她，于是鼓起勇气踏进初二年级6班的教室，然而教室里只有中年大叔高大的身影。

　　"有个令人遗憾的消息要告诉你，白虎同学的班主任老师说她今天请假。"

　　午休还看到她，所以她应该来上学了。我的决心有多大，受的打击就有多深。我可不想接下来一直和这个中年大叔大眼瞪小眼，那样子太可怕了。

　　我们不约而同地望向操场，叹气。

"也不能就我们两个人自顾自地上课，所以今天就来打基础，聊聊男人与男人之间的话题。先说好，不是那方面的话题，请不要抱有错误的期待。"

"那是哪方面的话题？"

"与战争有关的话题。我们讨论过很多职业，所以这次的主题是军人。萨长同学，你认为军人是'赚取'还是'窃取'？"

"咦？军人难道是小偷吗？"

"怎么可能，那不成罪犯了吗。我不是那个意思，我是指正常执勤的军人。"

"呃，那就不可能是'窃取'啦。因为军人跟消防员或警察一样，工作不是为了赚钱，而是为了保家卫国。"

"所以你的意思是军人是对社会有帮助的职业。举例来说？"

"嗯……有了，像是在地震或海啸时军人帮忙救灾。"

"你真不愧是拥有专守防卫自卫队的日本国民。救灾确实是军人很重要的工作之一，但那不是他们的本职。军人的本职是什么？"

"这个嘛……打仗。"

"没错。那我再问你一个问题，战争是好事还是坏事？"

当然是坏事啊。我正要开口，却立刻闭上嘴巴。如果说战争是坏事，那工作是打仗的军人不就成了坏人了嘛，倒也不能这么说，所以这个问题好难回答。

"萨长同学，日本国宪法于哪一年实施？"

怎么突然问起宪法……我一下子想不起来。

"一九四七年。战败头年，也就是一九四六年十一月三日公布宪法，半年后于一九四七年五月三日实施宪法。只要记住这个顺序，就不会忘记了。我想你也知道，宪法第九条明确规定日本将永远放弃战争，但不可能光靠宪法就让战争消失于无形。《想象》这首歌虽然高歌世界和平，但是仅四个人也能吵到分道扬镳，亦是人类的本性。"

"四个人？什么意思？"

"你不知道披头士吗？约翰·列侬以前所在的乐队。他写的《想象》充满梦想，歌颂只要全人类都祈求和平，明天就不会再有战火。现实是日本宪法实施的短短三年后，一九五〇年，隔壁朝鲜半岛爆发战争，日本就在美国的默许下成立警察预备队，也是后来自卫队的前身。虽说自卫队是以防守为目的，但军队就是军队。毕竟局势这么乱，我们也不能毫无防备。"

有道理，谁叫我们的邻居至今还总是在发射导弹。

"军人的工作并不只有打仗。一旦国家兵强马壮，敌国就不敢随便开战，有时候还能避免战争，显示核武力就是最好的例子。只不过，军人最终的任务还是打仗。从我们的角度来说，战争可能是非常损人不利己的事，战争与负责作战的军人最好都能从世界上消失，但那是不可能的。如果这不叫必要之恶，那什么才是必要之恶。"

来了，必要之恶。也就是说，他把战争、卖淫和赌博放在同一个天平上了嘛。把卖淫女和军人相提并论绝对有问题。就像最好别发生火灾，但又不可能完全避免，所以才需要消防员，爸爸才必须冒着生命危险工作。一旦发生战争，军人要承受的风险应该会比消防员高出许多。

"可是把卖淫女和军人相提并论会不会太过分了。"

"我绝对没有要把卖淫女和保家卫国的军人画上等号的意思。军人是很伟大的职业，应该要得到与职务相匹配的报酬及尊重。问题是既然军人的任务是打仗，他们的本职说到底对这个世界还是有害的。就算是没有战争的和平时期，国家也必须在军备上投入人力、物力和财力。"

理论上是这样没错，但我还是没法接受。

"军人就没有对社会有帮助的地方了吗？像是为了打倒一些国家或是让民众陷入水深火热的独裁者，而不得不发动战争。"

"或许也会有这样的情况。也有战争带动后来经济增长的例子，例如美国的独立战争。倘若美国一直是英国殖民地的话，或许就没有现在的美国。不过，也有挥舞着推翻强权的大旗，恣意介入他国内政，造成混乱的例子，例如由美国主导的伊拉克战争。"

海舟老师是战争迷吗？举的都是美国的例子。

"每一场战争皆有其历史与时代背景，有句话说'正义的反面是另一种正义'，我们很难给予评价，所以只能从普世的价值观来讨论。请用一般论来思考军人和军队是否为必要之恶。"

海舟老师说到这里，停顿换气。足球俱乐部的吆喝声一如既往地从操场传来。天空阴阴的，云垂得很低，感觉梅雨季正蹑手蹑脚地走来。

我绞尽脑汁地想了几分钟，终究还是举白旗投降。

"我不知道，而且'恶'这个字眼感觉很讨厌。"

海舟老师微笑。

"请珍惜这种感觉。当我还是萨长同学这个年纪的时候，说不定也会有相同的感觉，不过现在已经没有了。因为我已经意识到自己不可能活在一个没有战争的社会，所以听到你说对'恶'这个字眼感到厌恶觉得是件失礼的事，好像在审判、贬低对方一样。"

就像自己置身事外，对别人的事说三道四的感觉。

"但你还是初中生，所以也没关系。不过，等你长大成人，就不能再这样了。战争始终无法消失，即使是在今天，在地球的某个角落也有人拿枪互相扫射，所以我们每个人都得负一部分责任。即使没有直接参与政治或军事，我们也不能回避这个事实。"

我被海舟老师的气势震慑住了。

"所以当我把战争和军人称为必要之恶时，其实我心里很痛，心痛于不得不承认自己的手足正在危害世界，心痛于无法让子孙活在没有战争的世界。因为就连我也助长了这个必要之恶的社会风气。战争和军人都不是别人家的事。"

年纪还小的我无法理解这种感觉。再说了，并不是每个大人都这么想吧。没想到海舟老师如此成熟、有担当。

"另一方面，我这个现实主义者也认为战争不可能绝迹。只要一天没发生外星人攻打地球这种让全人类必须团结一致的事，人类就会互相憎恨、自相残杀，至少未来一百年都是如此。人类就是这么愚蠢的动物，而且历史已经证明了这一点。"

听起来人类真是无可救药。

"你可能会觉得很悲观，但至少要有这样的觉悟，最好能从这样的角度看世界，在这样的前路活下去。既然如此，战争和军人就是我们人类社会所背负的共业，是就算希望它消失，也不能真的让它消失的必要之恶。发生战争时，舍命完成任务的军人是崇高的，但最好永远不要让他们有机会执行任务，这才是真正的没有比有好。"

海舟老师停顿了一下，问我："他们对社会有没有帮助？"

教室里鸦雀无声，耳边传来雨声，终于下雨了吗？

"男人与男人之间的对话到此为止。"

好像才讨论到一半，有点不太痛快，但是海舟老师再讲下去大概会超出"打基础"的范围。

正要走出教室的海舟老师又回过头来说："对了，萨长同学，请你去哄哄白虎同学。"

哄、哄、哄什么哄……

海舟老师的眼珠子滴溜溜地转，叹了一口气。

"我的意思是请你去说服白虎同学回来上课啦。请恕我多管闲事，那方面的哄还是等你长大一点再说。"

海舟老师转过魁梧的身躯，消失在教室门外。

6月

相像的父子、不像的父子

　　转眼一周过去，又到了星期一，中午休息的时候我经过走廊，班主任老师向我招手。

　　"啊，萨长同学，江守老师让我转告你，这周的社团活动暂停一次。"

　　大概是因为白虎同学又请假了吧。海舟老师让我去劝劝她，但我在那之后根本找不到和白虎同学说话的机会。再这样下去，盘算社团会关门大吉吧。

　　从那天开始，我每天都去图书馆，可是一直都碰不到白虎同学。星期五这天，我心里盘算着，如果又白跑一趟的话，周末就去"福岛家豪宅"拜访。结果我刚推开门的瞬间，白虎同学的背影就映入眼帘。我突然心跳加速，赶忙假装在看新书专区，调整呼吸。然而白虎同学看书看得很专注，没注

奇妙的盘算社团

意到我。我深吸一口气，朝着白虎同学走去，默默地坐在她旁边。

尽管感觉白虎同学将视线转向我，我还是径直地朝前看，像是什么都没有发生。白虎同学扑哧一笑。

"萨长同学好怪。"

耳边响起"劝"这个字眼，顿时血液沸腾。不妙，我得换个话题。我站起来对白虎同学说"过来一下"，然后将白虎同学带到了"乡土历史与校史"的展示角。

我翻开书架上陈旧的毕业纪念册，照片上出现了一个瘦瘦高高的、戴眼镜的少年，看起来像是年轻时的海舟老师。白虎同学以眼神告诉我"就是他"！这在我预料之内，紧接着我指向坐在第一排的另一个男孩子。

照片上的那张脸长得几乎跟我一模一样，相似程度让人有些不适。白虎同学也一脸惊讶，目不转睛地来回打量我和照片上的那个男孩，说："基因真是太神奇了。"没错，我自己也吓了一跳。既然坐在第一排，我估计老爸当年大概也很矮，希望我还能再长高一点。

"萨长同学的父亲和海舟老师也是同年级啊。"

"世界真是很小，对吧。"

"没错。"白虎同学回答。然后她翻到另一页，指着站在另外一个班最后一排最左边的男生。

"这是我爸。"

"啊!"

本来想吓她一跳,结果没想到反而被将了一军。照片中的少年棱角分明,看起来一点都不像高中生。基因有时候也不靠谱呢。

"我们的爸爸和海舟老师说不定是朋友呢,改天问问看。"

"不行!"

立刻遭到白虎同学的阻止,这令我大吃一惊。白虎同学也被自己强硬的语气吓了一跳。

"抱歉,我没有权利阻止你。但是我有我的打算,请你先不要说。"

白虎同学的眼睛里藏着非比寻常的坚定。

"好的,我也先不告诉我老爸。"虽然不知道她有什么打算,但是被她的气势震慑住,我这么回答。

白虎同学双手合十,朝我做出恳求的手势:"抱歉,谢谢你。"

"没关系,小事一桩。"就在这时我想到了一个完美的交换条件。"不过,请你答应我一件事,下星期一定要来社团上课。"

白虎同学想了一下,笑容满面地伸出右手的小拇指,我也反射性地伸出小拇指。

"拉钩，说谎的人要吞掉一千根针哟。约好了，下周见！"

白虎同学转身走出图书馆。

我再次弯了弯小拇指，视线再度回到陈旧的毕业纪念册上，目不转睛地盯着照片中那少年的脸庞。

"普通"让世界更富足

第五节课下课后，我小跑着冲向社团的教室。还以为自己第一个到，没想到白虎同学已经坐在老位置上了。

"你来得好早。"

"你也是。"

我们大声笑了。

"我请假的时候，你们讨论了什么？"

"嗯……男人与男人间的对话。"

"什么鬼，听起来好有趣。告诉我是什么话题。"

"这个嘛……我也说不清楚。"

"啊，好狡猾。"

"哦，欢迎归队，白虎同学。是被萨长同学劝说回来的吗？"

海舟老师一出现，白虎同学就低下头说："对不起。"

"不，我不原谅你。因为你不在的这段日子里，萨长同学和我每天晚上都绝望地睡不着觉哦。"

白虎同学大笑，我则是一脸尴尬。

"萨长同学很坏，不肯告诉我，我不在的这段时间你们都讨论了些什么。"

"男人怎么可以这么小气。简单地概括来说……嗯，男人与男人之间的对话。"

这次换我大笑。

"萨长同学也说了一模一样的话。"

白虎同学的语气很冷，逗得海舟老师哈哈大笑。

"我不喜欢重复同样的话，你晚点自己去问萨长同学。那重新打起精神来，我们开始上课了。"

海舟老师笑着拍了一下手。我们拿出笔记本。

"我们试着把各式各样的职业分成'赚取'与'窃取'，或是从对社会有没有价值的角度去衡量。只可惜这个世界没这么单纯，很多职业无法简单地划清界限。而且世上也有所谓必要之恶的工作，虽看起来好像是有百害而无一利，却来自人类的天性，无法完全根除。比如我举例的卖淫女，白虎同学则提出了赌场主，而且还具体地把赌场主也归于这一类。以上是前几堂课的复习。那么，一路下来，有没有觉得我们所掌握的分析武器太少了？"

有道理，这阵子我总觉得思考进入了白热化阶段。

"接下来要投入新武器。虽说是新武器，其实也没有多新，是二位都知道的'获赠'。用这条线索将世界切割开来。"

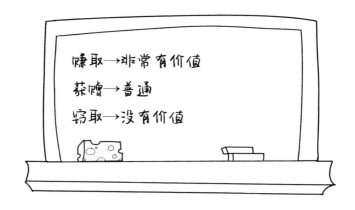

我忍不住复述："普通？"

"是的，普通。"

怎么突然冒出这两个字，我与白虎同学不解地交换下眼神。

"按着顺序来吧。萨长同学，你最近去过公园吗？"

又是莫名其妙的问题。"嗯，我前天才去公园踢过足球。"

"当时你自己产生的垃圾自己处理了吗？"

"那当然。要么丢进垃圾桶，要么就带回家，具体怎么做看心情。"

"很好，白虎同学呢？"

"两周前我因为班上的课外活动去过一次。"

"垃圾怎么处理的？"

"当时的课外活动就是打扫公园，大家一起捡垃圾。"

见我们"丈二和尚，摸不着头脑"，海舟老师似乎特别开心。

"非常好！就这个例子来说，我认为白虎同学相当于'赚取'，而萨长同学则相当于'获赠'。"

"打扫公园吗？"

海舟老师皱起眉头，一脸"你很迟钝"的表情。

"这只是比喻啦。这么说来，乱丢垃圾相当于'窃取'吗？"

"不愧是白虎同学，公园就相当于一个社会。"

"这么说的话，去公园和回家又代表什么意思？"

"去公园代表生，回家代表死。"

只是去趟公园，人生就突然走到终点了吗？

"意思是说，人活着的时候把公园打扫干净是'赚取'，弄脏公园是'窃取'吗？"

"萨长同学，你越来越进入状态了。那'获赠'又该怎么解释呢？"

"不用打扫其他人丢掉的垃圾，只要收拾好自己的垃圾就好。"

"正是如此。我想再降低一点'普通'的标准。抱着要打扫自己制造的垃圾的初衷去公园的人，只要在自己力所能及的范围里做到即可。做不到百分之百也不强求，万一身体不舒服，就算让别人代为打扫也归为普通。"

"这就是'获赠'，也就是普通的意思吗？"

"没错。由能'赚取'的人来填补不足的部分。"

这样好吗？要是随手乱丢垃圾的人太多，再加上"获赠"的人也这么随便，不会满地都是垃圾吗？

"为了更深入地讨论，我们不妨展现出盘算社团的风格，将思考的主体限定为金钱，为此要再请出另一个新武器。"

"就是所谓的GDP。萨长同学，你知道GDP是什么意思吗？"

"好像知道。把某个国家生产的物品全部加起来大概有多少的意思。"

"差不多。不只是物品，也包括服务，像地铁、公交车、宾馆、快递等。只要有人愿意花钱购买的物品或服务，就可以计入GDP。通常以3个月为时间单位计算一次，利用GDP来衡量经济的好坏。为了更好地认识国家的经济实力，国家统计局每年都会计算一次更精准的GDP总量。"

计算得还真仔细啊，难怪时不时地我们就可以在新闻里看到这个字眼。

"只要一国民众在一定时期内生产更多的物品或服务，GDP就会增加，代表经济增长。"

是啊，经济增长原来这么简单。

"只要我家对面的拉面馆比去年多卖出10碗拉面，GDP就会增加吗？"

"理论上是。经济就是不断积累，就算是拉面，积少成多也是会为GDP的增加做出贡献的。"

原来拉面也是GDP。

"GDP可以分解如下。"

GDP= 每个人的GDP × 总人口数

"萨长同学，从这个公式来看，GDP 要如何才能增加？"

"要么是通过增加每个人生产的物品或服务的财富值，要么就是通过增加人口。"

"回答完全正确。只要增加每个人生产的财富值或增加人口，世界就会变得富足，所以人类只要普通就够了。"

啊，思维会不会跳得太快了。白虎同学也愣住了。

"我知道跳得太快了，问题是我为什么要跳这么快。"

"铛！铛！铛！"扩音器里传来下课的钟声。

"因为时间到了。接下来是作业，请把公园的例子、GDP 与'赚取''获赠''窃取'联系起来思考。"

海舟老师离开教室前丢下一句："你们可以一起讨论完成作业。"

跟平常一样擦完黑板后，白虎同学说："告诉我，你们上周讨论了什么。"于是我们之后又讨论了将近一个小时关于军人、战争和必要之恶的议题，并且约好要在下次上课前召开"作战会议"。

GDP 与普通的尴尬关系

"你要几颗方糖？"

穿着浅蓝色连衣裙的美女服务员站在桌子对面问我。

"呃，跟她一样。"

"啊，你也喜欢俄罗斯红茶啊，跟乙女小姐一样。"

我差点就要笑出来了，还好在最后一刻忍住。

白虎同学害羞地说："别那样叫我啦。"

于是她妈妈递过红茶说："真是不好意思，那叫你小乙总行吧。来，请用茶。"

嗯，基因果然很强大，白虎同学妈妈的强大气场令我莫名紧张。

"小乙好久没带朋友回来了，木户同学，以后也欢迎你经常来玩。"

"这是送客用的台词吧。"紧接着白虎同学挑剌地说。

好不容易安坐在豪华的黑色皮革沙发上,我再次看了一遍屋内的结构,好宽敞。这里应该是所谓的会客室,至少是我家客厅的三倍大。透过从地板到天花板的落地窗可以看到修剪得工整漂亮的草坪和种满了各色绣球的庭院。

"你们今天要讨论功课吧。"

"对。是盘算社团的作业。"

"盘算?不是算盘嘛,打珠算的那个。"

"原本是那个算盘没错,但不用拨珠子。"

"什么意思?"

"哐"的一声,白虎同学放下手中的茶杯,对我说:"去我房间吧。"然后她迅速站起来,走向后面的门。白虎妈妈的眼睛滴溜溜地转,对我露出一个"搞砸了"的表情。

"知道啦。木户同学,请不要拘束。"

紧随着白虎同学进入房间,我坐在她推给我的米白色大坐垫上,她则把笔记本摊开在膝上,窝在特大号的咖啡色软椅里。她似乎不喜欢在房里摆太多东西,再加上雪白的墙壁,整个房间让人感觉很空旷。

"萨长同学,后来你有什么想法?"

"只有一点点,我猜海舟老师的意思是说,只要'赚取'的人和'获赠'的人越来越多,世界就会渐渐地朝富足的方向前进。"

"嗯，但这样是不是很像考试的平均分数？假设一个班级的数学考试平均分是70分，这时班里转来了一个随随便便就能考满分的学生，这样就能提高全班的平均分数。"

"你是指全班的总分为 GDP，而那位转学生是负责'赚取'的人吗？那谁是'获赠'的人？"

"我认为是刚好考在平均分数，或是稍微比平均分数再低一点的人。"

"原来如此。假设平均分数是大家的幸福指数，的确会希望转学生尽量不要拉低幸福指数。"

"嗯，所以大幅拉低平均分数的人就成了'窃取'的人。"

咦，好像有哪里怪怪的。

我稍微想了一下说："可是班上应该也有很多学生的分数比平均分还低。"假如30人的一个班级，平均分数为70分，大概有10个人考不到平均分数。"但是把平均分数当成普通的标准或许有点太苛刻了。"

白虎同学说："这样啊。既然如此我们得先决定普通的标准是几分，像不及格这种情况就不允许出现。"

这么一来，又回到划分标准的问题上了。

讨论正在白热化阶段，这时候响起了"咚咚"的敲门声，白虎同学叹着气说道："请进。"白虎妈妈捧着托盘，满脸笑意地走进来。

"差不多该补充糖分了，否则你们脑筋会转不过来的。"

托盘上是橙汁和水果蛋糕。

"谢谢。"我行礼致谢。

白虎妈妈说："不客气。"然后她一屁股坐下来，我们三个人的位置刚好形成正三角形。沉默持续了好一会儿，白虎同学又叹了一口气。

"妈，谢谢您的点心，可以请您出去了吗？"

"哎呀，真是小气，让我也参加嘛。可以吧？木户同学。"

我目前的人生经验中从未遇过这种二选一的问题。

"都说是讨论功课了，得自己做才行。"

"别那么死脑筋嘛，不要被老师知道就好了。对吧，木户同学。"

拜托不要问我。

白虎同学貌似拗不过妈妈，伸手拿起蛋糕。

"真的没听到你们打算盘的声音呢。你们在做什么？"

我偷偷看了白虎同学一眼，只见她脸上一副"与我无关"的表情。

"呃……盘算社团是思考各种金钱问题的社团。我们现在正在讨论的主题是 GDP 和普通。"

"GDP 是报纸上写的那个 GDP 吗？普通又是怎么回事？"

"再说得详细一点就是，老师说普通人进入社会，会让世界变得富足，是增加GDP的重点……给我们的作业就是要找出原因来。"

"嗯……听起来好像不是很有趣呢。"

我回答："不会，非但不无聊，反而很有意思。"

白虎妈妈惊讶地问："小乙也觉得有趣吗？"白虎同学点头同意。

"不过现在我们有点卡住了。"

"卡在哪里？"就算这么问我，我也不知道卡在哪里。

"我们试着假设所谓的普通人是在班上考出平均分数的人，但是这么一来会有很多人比普通还差，所以想放宽普通的标准，可是又不知道该放多宽……"

白虎妈妈稍微想了一下。"听上去虽然是个奇怪的社团，但果然很有趣。"又补了句，"如果是这样，每个人赚钱的本领都不一样，要是设定低于多少就不及格，会让人活得很辛苦呢。"然后她正襟危坐，冲着我微微一笑，丢下一句，"是时候该老太婆退场了，剩下的就交给你们两个年轻人……"说完地如风一般地离开了。

见我呆若木鸡的样子，白虎同学叹着气说："不好意思，让你见笑了。"

"你妈妈好有趣。"

"她今天话有点儿多。"

我喝下了一口冰凉的果汁。"不过，你妈妈给了我很重要的提示：每个人都不一样。我们不应该将注意力放在平均分数定在几分，因为对于普通的标准也是因人而异，如果草率地定一个标准会不会太随便了？"

"或许随便得恰到好处。"白虎同学笑着，用手掰下一块蛋糕。

奇妙的盘算社团

关键词是"恪守本分"

"让我瞧瞧你们的成果。白虎同学，请先从结论开始说。"

梅雨季沉闷的天气似乎对海舟老师没有产生任何影响，他一上课就快速地切入正题。

"好的。我们的结论是无从得知普通与 GDP 之间的关系。只知道'赚取'的人能增加 GDP，'窃取'的人会减少 GDP，但无法给出'获赠'的人明确的定位。"

"原来如此。萨长同学，请说明你们得到这个结论的思路。"

"我们首先将每个人产生的 GDP 看作班上考试的分数，但是如果把平均分数当成普通的标准，班上会有很多人低于平均分数，变成'窃取'的人，感觉有点太苛刻。于是我们便认为，只要每个人足够努力，那么每个人得到的成果即使因人而异也无妨的结论。"

我望向白虎同学，她微微点点头。

"原来如此，原来如此。那么，因人而异，这种看法会对让世界变得更富足，或经济增长的主题产生什么样的影响呢？"

影响嘛……海舟老师走到了窗边，望向操场。既然他没有点名，意思是要我们自己思考吗？

几分钟后，白虎同学举手。海舟老师以手势示意她发言。

"'因人而异'的意思是每个人在力所能及的范围内努力完成自己的工作。只要没有人偷懒，'赚取'的人与'获赠'的人联手填满'窃取'的人造成的缺口，就能让社会变得更富足。"

"整理得真好。"老师用力鼓掌，我也跟着拍手。

"二位刚才的表现非常完美，完全符合发表意见的正确流程，先提出结论再论述根据，最后思考其影响。"

原来如此，所以他才用这种方式提问。

"因人而异——这句话说得真好。可是啊，这是建立在每个人都不会偷懒的前提下。因此，换成以下这句话如何？"

恪守本分

"每个人都应该认真负责地扮演好自己所被赋予的角色。反过来说，不守本分的人就是没有价值的人。接下来就看每个人自己的选择。嗯，很好，很随性。我认为随性是件好事，说穿了，毕竟这只是金钱的话题。"

这位中年大叔也真是很随性呢。

"这么说好像会推翻本盘算社团存在的意义，但是用赚的多少来衡量人类存在的意义，本来就是一件愚不可及的事，是对人类的亵渎。不能用 GDP 的增减来划分人群，这跟普不普通一点关系也没有，因此不能用赚多少钱作为普通的标准。"

听起来很痛快，但这样好吗？

"可是我怎么觉得，一旦把拉低 GDP 水平的人也视为普通的人，会混淆与'窃取'的人的概念。"

"会吗？"海舟老师话题一转，说，"你们偷拿过父母钱包里的钱吗？"

"咦？没有没有，我才没做过那种事。"

他怎么突然没头没脑地问这个。白虎同学也一脸"谁会做这种事"的奇怪表情，猛地摇头。

"我偷过。12 岁的时候我从爸爸的钱包抽过一张 1 000 元日钞。你们一定要帮我保密哟，要是被我爸知道，我就死定了。"

"你爸这么可怕吗？"

"不，我妈比较可怕，所以我才偷我爸的钱。"

简直是歪理邪说。

"萨长同学，至少你爸妈会给你零用钱吧。"

我点头。白虎同学也不等老师问便回答："会。"

"那么请从以下角度来思考，假设萨长同学偷偷地从令堂的钱包里拿了跟零用钱同样金额的钱，刚好那个月令堂也忘了给你零用钱，令堂的钱并没有实质损失。"

"不不不，偷拿就不对了。"

"那我问你，正常领零用钱跟偷拿的区别在哪里？"

既然没有实质损失，我不知道该怎么回答。

"从原本就要给你零用钱的人手中接过的钱是'获赠'，偷拿则是'窃取'，区别就在于这里吗？"

"真不愧是白虎同学，没错。两者本质上的差异并不是对GDP有没有帮助，而是双方是否达成共识。我们大致可以把社会中的人区分成'赚取'钱的人、'获赠'钱的人和'窃取'钱的人。让社会变得更富足的'赚取'是非常需要精力的活动，因为他们创造的财富必须足以填满'获赠'与'窃取'的人造成的缺口；而'获赠'的人中又包含对GDP有贡献和纯粹坐享其成的人，我认为对GDP有贡献的人比纯粹坐享其成的人好一点。"

"那我们也是普通人喽。"

"没错。那我反过来问你，如果不是普通人，你打算当什么人？"

当然还是普通的中学生，可是这样好像太没志气了。

"白虎同学好像有话想说。"

奇妙的盘算社团

"可以挤进普通的门槛固然高兴，可是好像有点太安于现状了……如果把坐享其成的人也归类到普通里，听起来好像是我们偷懒也没关系。"

"是吗？萨长同学也持相同的意见吗？"

"嗯，基本上是。"

"原来如此。要让我说的话，普通最棒，不要瞧不起普通。"

听起来真有挑衅的意味。

"我分别提出一个关键词给你们当作业，下次上课前请把我的意见与各自的关键词做个结合。"

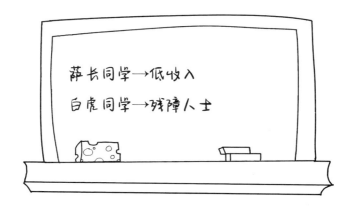

"下周见。"海舟老师走出教室。我们对着黑板看了好一会儿，不约而同地拿起黑板擦。

放学后

最低限度的健康且有文化的生活

"真是太过分了。"妈妈边吃薯片边对着电视自言自语。姐姐也帮腔:"这家伙的节目好无聊,真差劲。"我边伸手去拿薯片,边将目光投向电视机。这时电视画面中正在报道一位当红笑星的母亲常年领取救济金,并把救济金存下来买高级公寓的新闻,画面中出现了"用救济金买高级公寓!"的字幕。

"我做梦也不敢想去买那么高级的公寓。"妈妈说道。

"这种事儿太多了,最近我看到笑星都笑不出来了。"姐姐说。

"才怪,昨天是哪个家伙看搞笑节目笑得前仰后合。"我心里想。

节目继续报道低收入人士的申请资格与冒领救济金的真实案例,甚至还拍到了一位中年大叔领取救济金后直接去买酒、去赌场排队进店的画面。

"我们为什么要有生活保障制度？"

"为了不让穷人饿死吧。"

"可是救济金都让饿不死的人领走了，不是吗？"

"所以才会有冒领救济金的问题。"

"这是日本宪法规定的。"姐姐插进来解释，"电视里刚刚不是才讲过，日本国宪法第二十五条规定必须帮助有困难的人。"

我拿起扔在沙发上的平板电脑，上网搜索相关的法律规定。

日本国宪法第二十五条　全体公民皆有权享受最低限度的健康且有文化的生活

健康且有文化啊……意思是说只要别饿死就好吗？

救济金想必来自税金，所以缴税很多的人是'赚取'的人，接受生活保障制度的人是'获赠'的人，冒领救济金的人，则是'窃取'的人。大概是这样划分吧。

白虎同学的关键词是残障人士。如果残疾程度严重到无法工作，国家或政府就应该帮助他们。海舟老师的意思大概是指包括低收入家庭在内，我们不该武断地将他们全部归类为"不普通"的人。白虎同学现在是否也在思考同样的问题呢？

第 10 堂课

资本主义、社会主义、民主主义

"原来如此，我明白萨长同学的意思了。借用投机取巧的搞笑艺人的负面报道，你才留意到冒领救济金属于'窃取'行为。请好好学习反面教材，谁叫正面的例子已经像濒危物种一样稀缺了。反面教材能让我们学到很多东西。"

"接下来是白虎同学，请说。"

"正如萨长同学所说，我认为国家必须要制定一套措施来帮助无法工作的人。如果是重度残障的人，就算想工作也没办法工作，所以我赞成归类到普通人……只不过，有个问题令我困惑不已。"

"哦，什么问题？"

"海舟老师说'获赠'与'窃取'的差别在于双方是否达成共识。问题是，大家何时对目前的措施达成共识的，至少我就没有这方面的印象。"

出乎意料的观点令我大吃一惊。

"好有趣的观点。我请二位思考的关键词可以总结到'社会福利'这个名词上。下面就让我们回顾社会福利的历史，来回答白虎同学的问题。"

我们翻开笔记。

"社会福利出现在近代国家，是比较年轻的制度。像日本的国民年金及医疗保险，还有救济金等都是具有代表性的例子。在福利国家出现之前，有困难的家庭只能依靠宗族、君王、宗教团体等维持基本生活。例如伊斯兰教的信徒有接济穷人的义务，西方的教会至今仍然为无家可归的人提供食物，日本的寺庙也会接收病人或煮饭给穷人吃。"

"国家为何要取而代之？"

"主要有两个原因。首先是人们变得富裕了，尤其是粮食产量暴增成为国家推动社会福利最大的原动力。曾经有位名叫马尔萨斯的学者认为，土地是有限的，收获的粮食也是有限的，因此地球上能供养的人口数也是有限的。但是当下是个食物多到成问题的时代。非洲等地的饥荒又是另外的问题，主要缘于政治及内战的影响。"

在日本，随处可见被丢弃的食物。

"国家生产粮食的效率提升，剩余劳动力便从农村转移到城市。工业革命的爆发，愈发加速经济增长。科学发达的同时也提升了医疗水平，帮助人类延长寿命，结果是老年人越来越多，因此必须要有类似国民年金这样的措施出台。概括来说就是，世界变得富裕，助人为乐的事情才有可能发生。"

如果自己都没有余力，是不可能帮助别人的。

"国家承担社会福利责任的另一个主要的原因是冷战。"

"冷战是指第二次世界大战后的那个冷战吗？"

"是的。以美国为首的资本主义阵营与由苏联率领的社会主义阵营持续了半个世纪的权利争夺。对你们而言，这些大概只是历史教科书里的故事。但是对我们这一辈的人来说，曾经的冷战控制了全世界，不只在政治和经济方面，就连小说和电影也都是以冷战为主题的。我小时候甚至还设想过自己最终是会死在美国还是苏联的核战争中。"

老实说，我完全没有概念。白虎同学问道："这跟社会福利有什么关系？"没错，感觉八竿子也打不着。

"我依次说明好了。首先，资本主义经济体制的核心是之前提过的'市场'，而市场的基本原理在于竞争。企业或个人相互竞争，从而创造出新的财富。与此相对，社会主义则反对市场与竞争，尽可能将市场原理从经济体制中排除，由国家统一决定生产多少东西，商品的价格由政府制定，员工的薪水也由国家规定。"

奇妙的盘算社团

"听起来好像很麻烦，国家为什么要这样做？"

"为了消除贫富差距。只要让大家公平地工作、公平地分享劳动所得，社会应该就不会出现贪婪的资本家和深受贫困之苦的劳工。然而，世事无法尽如人意。苏联推行了70年苏联模式的社会主义，最后还是国家解体。解体最主要的原因是准备不够充分，俄罗斯从农业国家变成社会主义国家，原本应该要先推行资本主义到一定程度，再进入社会主义，但中间的过程完全被跳过了。解体的另一个原因是失控的执政者与腐败的官僚。历届的执政者及高官争权夺利，置人民的福利于不顾。"

"可是照这样说来，一点也不像社会主义描述的那样。"

"白虎同学说的没错，所以也有人说苏联的分裂不等于社会主义失败，但我不这样认为。资本主义由市场来决定财富分配，相比之下，社会主义则把财富分配的权力交给个人及特定的团体，政治家或官僚，如果他们能做到清廉当然皆大欢喜，但问题是这根本不可能实现。权力一旦过度集中，必会招致腐败，人类就是这么回事。"

是这样吗？

"解体的第三个原因在于冷战的成本。社会主义运动本来是以全世界同时革命为目标的运动。马克思于1848年出版的《共产党宣言》里有一句家喻户晓的话是说，'全世界无产者，联合起来！'只要全世界一起推翻资本主义，所有人就都是消灭敌人的劳动者。"

原来如此，虽然听起来不可思议。

"现实是第二次世界大战后，社会主义阵营携带着所谓的'铁幕'与自由主义阵营对立，核武器等军备力量不断扩大，军备竞争对经济造成相当大的负担。根据冷战结束后公布的数据，苏联最多曾经把 GDP 的三成用在军事上，相较于资本主义各国顶多拨出 GDP 的百分之几，这真的非常疯狂，最后也导致苏联的经济濒临绝境。"

海舟老师稍做停顿。听到这里，我总算听懂了一些。

"接着让我们把焦点放在资本主义这一边，从社会福利和普通的题目来看，这部分才是重点。冷战期间，东西两边的阵营都对人与信息的交流管控得十分严格，东西方正常的人员往来简直比登天还难。'铁幕'对面是深不见底的黑暗，因此当时东西双方时刻处于担心输给对手的恐惧中。资本主义阵营怕的是革命，所以美国在战前战后一直都在打压共产主义。"

革命啊……这个词汇听起来还挺酷的。

"正是西方国家对革命的恐惧推动了社会福利。社会主义阵营是劳动者的天堂，医疗与教育都免费，据说与不通人情的资本主义相差了十万八千里。西方国家也有很多理想主义的学者或年轻人崇尚社会主义，因此资本主义阵营也不断完善自己的社会福利，与社会主义阵营相对抗。更有甚者，有些政治家为了在大选中获胜，也会利用改善社会福利政策的说辞来作为自己竞选的筹码。这就是社会福利进步的背景。"

原来社会福利不单是从帮助有困难的人这种角度出发的。

"整理一下，首先是社会开始有余力帮助别人，再加上迫于消除革命及维护社会秩序的压力，促使国家推动社会福利政策。这是历史演变的必然，并非一朝一夕就变成现在这样。"

话题似乎告一段落了，我与白虎同学面面相觑，静候思绪从刚才的话题中抽离出来。

"回到白虎同学的问题，'获赠'与'窃取'的区别在于双方是否达成共识，但白虎同学并不记得这个重要的共识是何时建立起来的。我只能送你们一句话，'人类永远比这个世界慢半拍'。人类产生的时候，社会已经开始运转了，所以人类只能从接受现状开始踏出第一步。"

"你的意思是说，命运如此，没有别的办法了吗？"白虎同学问道。

"后辈只能暂且接受前人的共识。重点在于'暂且'这两个字。如果不服气，你们可以改变规则，这就是民主主义的真谛。在这件事上，你们并不是要反对帮助有困难的人是吧，如果有问题，那么问题在于要如何防止冒领救济金这样的行为。"

他指的是领到救济金就去赌博的中年大叔和那对冒领救济金的笑星母子吧！他们的确不可原谅。

白虎同学说："政府应该严加筛选领取救济金的申请人资格，不要让人有机可乘。"

"这也是一种方法，但我不赞成。因为需要接受救济金的人是社会上的弱势群体，但真正有困难的人和一心想冒领救济金的骗子比起来，肯定是后者更加狡猾。门槛要是设得太高，只怕狡猾的人还是有办法钻法律漏洞，但真正的弱者反而被拒于门外。"

"那该怎么做才好呢？"

"我的建议是不要提高门槛，先接受申请，再仔细观察后续发展。政府应打击黑道介入、彻底取缔以领救济金为目的的不正当的组织，并加重刑罚。对于钻空子的个人行为睁一只眼，闭一只眼，毕竟那种人只是少数，好吃懒做的人也由他去吧。把主要精力放在推动企业发展及为人民创造财富上，增加国家财富才是正途。"

不管那些好吃懒做的人了吗？……这句话听起来也很酷。

"今天就讨论到这里吧。下次我要带你们去真正的'社会'里去看看，请带好东西，在上课的时间到北门集合。"

海舟老师转身离开教室，我们擦黑板的时候下课铃声响起。又要外出啊，下周不知道能否喝到俄罗斯红茶。

7月

何为工作

奔驰车载着我们在附近建有大量工厂和仓库的地方驶出高速，接着驶入一家工厂旁空旷的停车场。由于车里的冷气开得很低，下车后我瞬间感觉被梅雨初歇的热气包围，看来今年夏天会很热。

刚走进这间屋顶非常高的房子，一位中年大叔迎面向我们走来。

"哦，终于来啦！"

他看起来也很高大，只比海舟老师矮一头。

"不好意思啊，麻烦你了。"

"小事一桩，别说这么见外的话。"

"您好。"白虎同学打招呼。我也赶紧说："您好。"

"二位好，我叫藤井，欢迎你们远道而来。"

"这是我的老同学，凭借老同学的关系恳请他让我们来参观。"

"来，请进，请进。"藤井先生径直往前走，我们跟随其后，边走边戴上他递给我们的帽子和口罩。

"这里是分类场，会有点吵。"

刚一推开铁门，我们立刻就被大型机械运作的噪声所笼罩，过道两侧的输送带上传递着类似于盘子的东西，其中有很多是白色，也有其他颜色。再往前走，我们进入了垃圾袋堆积成山的房间，里面大约有十几个人在工作，大家都戴着帽子和口罩。藤井先生大声地说："他们在分拣可回收利用的垃圾，将掺杂在可回收利用垃圾里的杂物挑拣出来。"

我们眼神交汇在一起，我大声问藤井先生："这里是什么工厂？"藤井先生错愕地望向海舟老师，海舟老师耸耸肩，假装一无所知的样子。藤井先生一脸被打败了的表情大声喊："参观完后我们换个地方说话。"然后拍了拍一位像是领班大妈的肩膀。大妈摘下耳塞，点了两三下头，指着时钟，藤井先生也点头以示回答。

在那之后又过了 5 分钟，我们的参观结束了。这个工厂里人们做的是非常机械化的工作，也是非常无聊的工作。工人们将袋子里的塑料盘倒出来，按照有颜色的和透明的区分开来，然后将其放上传输带，挑拣出混杂在里面的杂物……

如此这般，不断重复以上的作业。我看了一会儿就有些不耐烦了，但是工作着的工人们都很专注。工作真不容易！

藤井先生以眼神示意，我们原路返回。刚一走出铁门，声音立刻就消失了。我习惯了刚才的嘈杂声，这回反而安静得让耳膜发痛。

"你至少先说明一下我们工厂是做什么的吧。"

"不不不，别让他们有先入为主的观念，这样才有趣。"

藤井先生无奈地摇了摇头，重归平静，对我们爽朗一笑。

"前面是休息室，大家进来喝杯果汁吧。"

我们在自动售卖机买了鲜榨果汁，大人们则买了咖啡，然后坐在了蓝色塑料长椅上。

"看到刚才的分拣工作，你们感觉如何？"

"好吵。"我说。"那种工作要做一整天的话很辛苦啊。"白虎同学说。藤井先生微笑着点点头。

"能看得出来是在做什么吗？其实我们是家制作食物容器的公司，就是制作用来在超市里装肉或装菜的盘子。这项工作中最重要的环节就是分拣可回收再利用的材料，这一队工人包括中途休息和交班时间在内，每天要工作 6 小时呢。"

每天要做 6 个小时这么重复的工作！工作真的好辛苦。

"不能用机器来代替人工吗？"

"倒也不是不行，可是用机器不划算，而且人工操作也比较不容易出错。"藤井先生回答。

"现在问题来了，这间工厂有个特色，请问是什么？"海舟老师问道。

会是什么呢？这看起来就只是一家再普通不过的工厂。

"没有提示对你们来说太难回答了，可以让你们问三个问题。"

我们背对着大人，开始交头接耳地讨论起来。

"会是什么呢？这里大概是一间很普通的工厂。"

"我也这么认为，不管是制作的产品还是工作的机器都很普通。"

讨论了一会儿，白虎同学说："这个问题应该和上课的主题有关。"

"啊，说的也是。那老师问的'特色'不是跟工作有关，而是跟工作的人有关。"

我提出第一个问题："跟在这里上班的人有关吗？"

藤井先生惊讶地说："你怎么知道？"

"很好，切入点很正确。真不愧是萨长同学。"海舟老师一脸得意。

"但是接下来我们又毫无头绪了。"

"嗯……在这里上班的人看起来就是普通的大妈和大叔。"

我们又陷入沉思。普通归普通，应该还是哪里有比较特别的地方。

"白虎同学，这会不会跟最近的作业有关？"我问。

"有道理。我记得是低收入群体或残障人士与普通的关系，对吧。"

"既然在工厂上班，应该与低收入群体无关。"

这次换白虎同学问道："那跟残障人士有关吗？"

藤井先生吓了一大跳，质问海舟老师："喂，你真的什么都没说吗？"魁梧的中年大叔看起来更加得意了。

"接下来是最后一个问题，问完后请迅速回答出正确答案。"海舟老师说。

我们又开启作战会议。

"照这样猜下来，刚才那些人都是残障人士吧，可是外表又看不出来……所以大概是耳朵听不见之类的残疾吧？"

"我认为不是，因为大家都戴着耳塞。"

白虎同学观察得真仔细。

"那如果是不会说话的人，好像就说得通了。"

"或许是吧。"

我提出最后一个问题："在这里上班的人是聋哑人士吗？"

"嗯，你们能推理到这里已经很厉害了。但答案是：否。不过他们的确不擅长说话。"

"哦，这是个重大的提示。还以为你们可以不用等到第三个问题就能答出正确答案。"

"海舟老师刚才说这是重大提示。"

"不擅长说话的人，难不成那些人有智力障碍？"

"可是智力不足的人可以工作吗？他们通常都由父母照顾吧？"

"但如果是刚才的作业，感觉只要经过训练他们就能胜任。"

"说的也是。那么请白虎同学说出最后的答案。"

白虎同学重新面向两位中年大叔说："这家工厂的特色在于雇用了智力障碍的人。"

藤井先生"喔！"地大声惊呼。

海舟老师竖起大拇指，我与白虎同学兴奋地击掌。

"真了不起，你们居然能猜到。"

"跟你说实话吧，其实是我们正在讨论关于社会福利的议题。"

"即便如此两位同学还是很厉害。我再跟你们重新说明一下吧，我们公司雇用了许多智力有障碍，而且是重度障碍的人。全工厂大约有一成的员工是智障人士。"

"我补充一下，法律规定雇用残障人士的义务比例只有2%，所以一成其实非常多。"

"你们还有什么问题吗？"

"您为什么要雇用这么多残障人士？因为他们的薪水比较低吗？"

"残障人士的薪水跟正常人几乎一样，我雇用他们并不是因为他们薪水比较低，而是因为他们真的很优秀。"

"优秀"这个答案有点出乎我的意料。

"如果要你们每天从事 6 个小时刚才那样的工作，你们会有什么反应？"

被反问的我们互看一眼。

"老实说，我觉得很痛苦……"

"对吧，这种单调的作业会对正常人的精神造成相当大的压力，而且越单调的工作，压力越大。可是让智障人士从事他们习惯的作业，他们反而会非常专注。"

这样啊。可是这也不免让人觉得有点像在利用他们的智力障碍逼迫他们工作。

"萨长同学，你似乎有话想说。"

嗯，藤井先生这个人真会察言观色。

"那个……该怎么说呢……这听起来有点像把吃力的工作推给残障人士的感觉。"

见我回答得支支吾吾，藤井先生笑着点头。

"我明白你的感受。不过，我希望你再想一下，不让他们工作，让他们一直待在家里或福利机构里会比较幸福吗？让他们从事自己擅长的工作，并且对社会有所贡献，以此来换取与普通人相当的报酬，这样岂不是更幸福吗？"

我陷入思考，白虎同学也陷入了沉思。藤井先生接着说："就算是正常人，从工作中得到成就感与充实感的同时，有时也会觉得痛苦。我认为工作的价值就是每个人都从自己的工作中感受到喜悦与痛苦。"

这就是所谓的"各尽其职"吗？

"我再补充一点，正如藤井刚才提到的，这家公司付给重度残障者与正常人一样的薪水，这是非常难得的。实际情况是智障人士很难找到工作，就算找到了工作，多半也是在义工的协助下制作工艺品或面包等。"

我的确曾看到过他们在车站前摆摊卖面包的场景。

"让他们凭借这样的工作与社会产生关联，使其能体会工作的喜悦，这是非常重要的事。而且付给重度残障者与正常人相同的薪水具有非常重大的意义，远比我们正常人所能想到的还要重大，因为工作涉及一个人的尊严与生存价值。"

就在海舟老师说完这番话的同时，工厂那边传来说话的声音，貌似领班的大妈朝我们走过来。我向她行了个礼，她看上去有五十多岁的样子，她将口罩拉到下巴，笑容十分灿烂，然后坐到了旁边的长椅上。

"梅村太太，抱歉刚才打扰你们工作了。"

梅村太太叼着烟，挥挥手，表现出"没事儿"的态度。真是个帅气的大妈。海舟老师帮我们搭话道："你们有什么问题想问她吗？"

"残障者的工作态度如何？"白虎同学问道。

梅村太太把香烟捻熄在烟灰缸里，瞧了我们一眼，吐出一团紫烟，以沙哑的声音回答："很普通啊。"

"二位感觉如何？"车子驶上了高速公路后，海舟老师问道。

我们没有回答上来。

"看样子你们受到很大的震撼，大老远跑这一趟总算有价值了。最后我再补充一点，刚才说过那家工厂付给残障者的薪水跟正常人差不多，意思是指正常人的最低薪资，每个月平均 15 万日元左右，年薪大概 200 万日元。日本人的平均GDP 是 400 万日元左右。也就是说，按照我们的定义来说，他们并非'赚取'的人，而是'获赠'的人。"

单从数字来看，确实是这样没错。

"但不能将他们这些'获赠'的人归为普通人吧！"

我们又陷入沉默。当车子驶进熟悉的街道，一旁的白虎同学看着窗外，喃喃自语道："普通最棒，不要瞧不起普通……是吗？"

只要弄懂"鸡蛋"就能看清全世界

　　"今天我们也要勇往直前，来整理'赚取''获赠''窃取'与必要之恶的概念。"

　　海舟老师在黑板上画了一颗倾斜的鸡蛋。

　　"这张图代表全世界。左上角是负责增加财富的'赚取'；正中央是'获赠'，这里面有接近'赚取'的人，也有只是'获赠'的人；底下是'窃取'，就是投机取巧的人。横线是内行人与外行人的界线，这条线并非单纯的善与恶或普通人与罪犯的界线。左侧是必要之恶的部分，虽然划在内行人那边，但也属于'获赠'者的范围；右侧虽然是外行人，但也夹杂着'窃取'者，例如有寄生行为的银行家。最底部的'窃取'者是小偷、诈骗犯和毒品走私犯等罪犯。"

　　"卖淫女或军人也属于左侧的部分吗？"

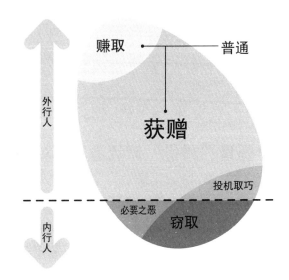

"我是这样想的，赌博也算是必要之恶。我们再回顾一下，
这张图是从创造财富、增加金钱的角度来划分的。'赚取'者
并不一定会比'获赠'者伟大，'赚取'者只是单纯地凭借创
造财富的职业把世界一刀切开。"

白虎同学问："那高利贷呢？"

"今天先不涉及这个话题，我们留到后面再讨论。"

海舟老师又在黑板上写下了熟悉的清单。

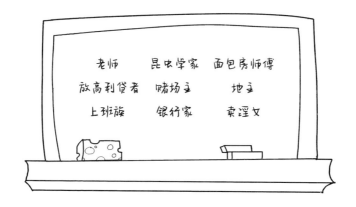

这些词我们早已牢记于心，不用看也知道。

"这样看下来，你们知道该把这些职业放在鸡蛋的什么位置了吧？"

大概能归类得差不多，这些职业都在普通的区块里，不是'赚取'者就是'获赠'者吧。

好比昆虫学家，虽然不能赚钱，却能提升知识，对人类做出贡献。从金钱的角度来衡量，大概会被放进'获赠'者的位置。但是昆虫学家深入丛林，寻找新的物种其实是危险又辛苦的工作。他们就算是因为喜欢才这么做，制作标本和写论文也不是轻松的事，不会因为不是'赚取'者就失去社会对这份工作的尊敬。而且如果将研究的成果应用在农业上，还能给社会带来莫大的经济效益，只是昆虫学家一般得不到太多钱而已。"

所以说法布尔大师也是'获赠'者。

"有'赚取'的面包房师傅，也有'获赠'的上班族，有'赚取'的银行家，也有'窃取'的银行家，因人而异，这就要看具体情况。二位是否已注意到，有个大人物和放高利贷者还没讨论到。"

地主吗？……他们感觉不用付出努力就能赚到很多钱。

"白虎同学，你对地主有什么看法？"

白虎同学陷入思考。楼下足球俱乐部的同学今天也扯着嗓子大喊。进入七月，天气越来越热，教室里充满闷热的空气，就算艳阳高照，还是待在外面感觉会舒服一点。

"我认为地主是'获赠'者。"白虎同学过了好久才开口。她的想法似乎有点改变，因为她以前认为地主对社会没有价值。

"哦，可是地主拥有那么多土地的话，应该能赚很多钱吧。"

"那也是'获赠'者。因为是租房子或租土地的人在工作，地主只是从那些人赚的钱里得到房租。"

原来如此，原来也可以这么思考。

"你看得比'赚取'更远呢，真是有意思。"

海舟老师擦掉黑板上的字，重新写下三个词汇。

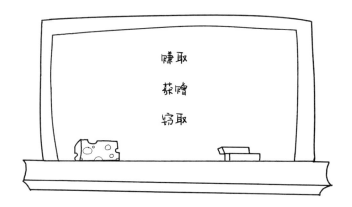

"现在我们对这三种得到金钱的方法暂且有了结论，二位看待这几个词的角度，相比之前，是否也有了重大的改变？"

这倒是，尤其是对"获赠"这个词。

"下次我们要以截至目前的讨论为基础，进入下一个阶段，深入讨论放高利贷者与地主的定位。二位之前举出的得到金钱的方法中，还有两个是什么？"

"我记得一个是'借贷'。"

"另一个是'增值'。"

"二位真是完美的搭档，平民代表提出了'借贷'，有钱人代表提出了'增值'。话说回来，我想跟你们商量一下。你们也知道，这个学期的社团只剩下一堂课，我想乘胜追击，暑假继续上课，不知二位意下如何？"

"赞成。"我不假思索地回答。一方面是不喜欢事情留个尾巴，更重要的是，这样暑假我也能见到白虎同学。白虎同学也表示同意。

"那就决定暑假也继续上课，时间定为每周一上午九点好吗？因为那时天气大概会稍微凉爽一点。既然我们已达成共识，接下来宣布二位期待已久的作业。"

海舟老师摸摸口袋，以下围棋的手势在讲桌上掷下一枚500日元的硬币，发出丁零一声脆响。

"你们的作业是'借贷'。请思考如何向我借这500日元。"

这是什么作业？

"祝二位马到成功。"紧接着海舟老师收回那500日元硬币，走出教室。

只有 500 日元，还有 500 日元

我目不转睛地盯着掌心里的钱。

270 日元。再算几次都是 270 日元。这是我全部的财产，太惨了。不管怎样，借 500 日元的作业对我来说再适合不过了。因为最新一期《进击的大法师》的漫画就要上市了，真心希望有人能借我 500 日元。

"妈，可以借我 500 日元吗？"

我冲进厨房，但立刻就后悔了。因为姐姐也在，她平常明明不会帮忙做家务。

"你也太穷了，要不要我借你啊，一个星期算你 100 块利息就好。"

"我又不是找你借。好不好嘛，妈妈。"

"啊，零用钱已经花光了吗？真是拿你没办法，要买什么？"

"很多东西。你就别问了，从下次的零用钱里扣嘛。"

"这次让你预支的话，一定会有下次。"

"那等我领到压岁钱再一次性还你。"

"嗯……半年后啊。既然如此，妈妈是不是也该收他个利息呢。"

我这才正眼瞧姐姐的脸，她是不是吃错了什么药。

"我可以借你，不过我有个条件，把你的 Word Basket 借给我。"

Word Basket 是我用压岁钱买的接龙游戏卡，超级好玩，在家里玩的时候也会让姐姐一起玩，但是决不外借，平常我都会把它藏起来。

"那个游戏卡可以调节气氛，我想跟朋友一起玩。只要你一个月后一定还我 500 日元，我就把 Word Basket 还你，不然 Word Basket 就归我了。"

"我拒绝。啊，妈妈您也可以提出条件哟。"

"说的也是，那就请你负责洗整个暑假的碗筷。"

"与其这样，我宁愿付 100 日元利息。"

"被你发现啦？"

"哈哈哈哈哈……"笑声回荡在厨房。看来这次的作业也不容易摆平。

第13堂课

教大家如何借钱

　　"丁零，丁零，丁零……"耳边传来清脆的声音。10日元硬币、100日元硬币、500日元硬币被并排放在讲桌上。

　　"作业是借500日元的方法，我们先来做点儿简单的暖身活动吧。萨长同学，请向我借这10日元。"

　　我直截了当地说："请借我10日元。"海舟老师反问我："哦，你借来做什么？"果然还是得来个情景剧吗？

　　"我想买果汁，刚好需要10日元硬币，但是我没有……改天有了就还给您。"

　　"好，借你。"海舟老师递出10日元硬币，我下意识地接过，正要放回桌上，海舟老师摇头。

　　"既然钱都借给你了，下次上课时再还我。"

　　是这样玩的吗？我顺势把10日元硬币放进口袋。

"接下来是白虎同学，这次轮到你借 100 日元。"

白虎同学回答："好。"她站了起来，继续说："您可以借我 100 日元吗？下星期上课时一定还您。"说完还深深地鞠了一个躬。

海舟老师立刻拿起 100 日元硬币，递给白虎同学，白虎同学收进笔盒里。

"怎么？萨长同学，你似乎有点不太满意。"

"老师太偏心了，我借的时候就拼命质问我。"

海舟老师竖起食指，在我面前晃了晃，真讨人厌。

"你根本不清楚金钱借贷的本质。白虎同学毕恭毕敬地站起来请求我，还表示一定会还，与你趾高气扬地坐在椅子上朝我借钱的态度简直是天壤之别。瞧你脸上似乎写着'不过是 10 块钱'，瞧不起 10 块钱的人迟早会为 10 块钱而哭泣。金钱借贷会建立一种特别紧张的关系，就算只有 10 日元、100 日元也不例外。有很多妙语佳言或格言警句都劝告，朋友之间不要借钱，因为金钱具有足以破坏友情的力量。"

这话听上去很有道理。自从我向姐姐借了 2 000 日元，我们姐弟的关系就变得更差。

"白虎同学请求别人的态度更加诚恳。追根究底，借钱与否取决于债务人的信用，换句话说就是借钱最基本的一点：要让对方相信你的态度。"

我被堵得说不出话来，为了掩饰不甘心的情绪，我问白虎同学："你从哪里学到的这门技术？"

"有一次我想买网球拍，非常轻率地向奶奶借钱时，被奶奶狠狠地骂了一顿，她说借钱的时候要正襟危坐地向对方低头恳求。"

"你奶奶教育得真好。言归正传，萨长同学还有一个不利的条件，那就是你太穷了，而白虎同学是有钱人。"

喂，这是老师应该说的话吗？岂止是偏心，简直是赤裸裸地歧视啊。

"看你的表情似乎又误会什么了。我说的不是你们的家境。"

"才怪，你刚才明明说我家穷。"

海舟老师又晃了晃食指，他今天真的很讨人厌。

"那是你的被害妄想症导致的错误观念。我指的是二位身上的钱。萨长同学，你的压岁钱有存下来吗？肯定早就花光了，你靠每个月的零用钱勒紧裤腰带过日子吧？"

他该不会在我家装了窃听器吧？

"被我猜中了吗？白虎同学，你还剩下多少压岁钱？"

白虎同学转着眼珠思考后回答："大概还剩下一半。""了不起。"我心想。

"所以萨长同学很穷，白虎同学是有钱人，我说的对吧。"

我又被堵得说不出话。

"一般而言，不光在日本，男人对钱普遍比较没概念，女人则比较会精打细算。发展中国家有很多针对中低收入群体的小额贷款，像是拿到诺贝尔和平奖的孟加拉国的乡村银行家就是有名的例子。孟加拉国乡村银行的贷款对象几乎都是女性，因为男人普遍借钱不还。当然我们不能一竿子打翻一船人，但男人携款潜逃的概率确实比女人高，所以男人信不过。"

这句话听起来充满偏见，但又颇有道理。

"暖身活动到此结束，重头戏来了，请向我借 500 日元，还款期限为一周。那么萨长同学，请开始。"

我立刻采取白虎同学的做法，站起来鞠躬说："请借我 500 日元，下周还您。"白虎同学笑得喘不上气来。

"呵呵，要不要借你呢？"

"我想买一本书，但是钱不够。下星期我可以领到 1 000 日元的零用钱，届时再加上 20 日元的利息一并还您。"

"你肯定是要买新发行的漫画吧？为什么不等领到零用钱再买？"

"因为我想马上看。利息可以用借给我姐姐看漫画的 20 日元来支付。"

海舟老师笑得好大声，然后他从衬衫胸前的口袋抽出一张纸。"好啊，请你在这里签名。"

```
┌─────────────────────────────────────────────┐
│                    借据                       │
│  江守老师：                                    │
│    一、我向您借了      元。                     │
│    二、一周后将连本带利还清以上金额。           │
│                              姓名              │
│                              地址              │
│                           年    月    日      │
└─────────────────────────────────────────────┘
```

　　这是什么鬼？……我看着海舟老师。今天天气热得光是坐着不动就满头大汗，但是后背冒出的却是一种冷汗。

　　"怎么啦，这可是最常见的借据哟。"

　　就算这么说，我也是有生以来第一次看到这玩意儿。

　　"赶快在这里写下地址和姓名，要写全名哟。"

　　没办法，我只好照他说的，写下姓名和地址。

　　"好，那我就借你 500 日元。"

　　我们交换了 500 日元硬币和借据。搞定，任务完成。

　　"萨长同学，虽然我想称赞你表现得还不错，但可惜是零分。"

　　海舟老师一把将借据推到我的面前。

　　"你没写金额，要是我随便乱填数字，看你怎么办才好。

算了，这次就放过你，请写上 520 日元。"

"啊，不是 500 日元吗？"

"只要你还的时候加上利息，就不用再写上利息。下星期记得还我。"

"您真的要借我吗？"

"这样比较好玩，不是吗？"

"您真的要收我利息吗？"

"这样比较好玩，不是吗？"

您爱怎么玩怎么玩吧……

"忘了说，你是以一周 4% 的高额利息顺利完成作业的。借钱付利息是常见的'借贷'行为所必需的，而我通过借钱给你让金钱'增值'，我们双方皆大欢喜。"

我倒是不怎么欢喜。

"接下来轮到白虎同学。"

"好。"白虎同学从皮包里拿出一只很帅气的纯白色运动电子表。

"可以请您借我 500 日元吗？一周后还给您。这段时间可以把这块表抵押在您这里，如果到时我还不出钱来，这只表就归您。"

"卡西欧 Baby-G 系列吗？这个品牌看起来很高级，随便卖也能卖个 2 000 日元。"海舟老师接过手表打量。严格来说，这种表好像价值 10 000 日元以上。

"成交。那你要付我多少利息？"

"可以不收利息吗？"

"这么一来我岂不是一点好处也没有。"

"好吧，那就多给你 5 块钱。"

海舟老师直勾勾地盯着白虎同学的双眼，讨价还价说："10 块钱好吗？"小气鬼。这位大叔，你太小气了。过了好一会儿，白虎同学终于点头答应。

白虎同学瞥了一眼海舟老师递给她的借据，写下金额、地址和姓名。

"很好，相当完美。"

海舟老师正要与她交换 500 日元和借据时，白虎同学说："可以请老师也写下手表的收据吗？"海舟老师深表佩服地拿出收据："瞧我这记性。"白虎同学接过收据，笑着坐下。"谢谢老师，这只手表对我很重要。"

教室里回荡着海舟老师响亮的掌声。

"非常完美！利息的交涉与要求我写收据的部分都无懈可击。刚才的操作被称为提供担保品，债务人以手表的价值为担保，借此降低债权人血本无归的风险，就算对方赖账，只要卖掉手表，债权人就没有损失，原理跟自古以来当铺的性质一样。二位知道当铺吗？"

我们侧着头，四目相对。

"日本昭和时代离你们有点太远了，比如以前的小说里经常写到某穷学生把制服或榻榻米之类的东西拿去当铺典当。川柳诗歌中还有一句写道：'宁可做典当太太也要吃到初鲣[①]'。"

我们听得目瞪口呆。

"怎么，你连当铺和当票都不知道，却要我写收据给你吗？"

"我请教过奶奶，奶奶告诉我，借钱时抵押什么东西都行，但一定要拿收据。"

"她很清楚借钱的规则。现在让我们回顾一下：萨长同学总共向我借了510日元，下周要还我530日元，利息为20日元；白虎同学总共借了600日元，利息为10日元。利息充分地反映出二位的信用度与沟通能力的差异。"

对对对，你说的都对。

"接下来让我们转换一下角度，我一共借给二位1 110日元，从中获取30日元的利息，一周约3%的利率，还不错。"

真是可恶的老师，居然向学生收取"还不错"的利息。

"这就是'增值'——由钱生钱的魔法。你们通过'借贷'暂时得到金钱，而我的钱最后会增加。今天的交易可以看出

---

① 初鲣是指水产季最早上市的鲣鱼。——译者注

'借贷'与'增值'的本质互为表里。顺便告诉你们，借钱不还，是'窃取'。"

借钱不还吗？……我还没反应过来，海舟老师又把借据一股脑地推到我面前。

"哼，就算有人想借钱不还，我也不怕，因为下面写着'万一不还钱，我会去找你爸妈，没收你的零用钱'。"

我瞪大双眼，发现借据上面有一行字，明显小一号，是又细又小的铅字。

"这下你们又学到一课吧！你们以后签合约的时候一定要小心谨慎，还好这次的学费很便宜。"

随你爱怎么说就怎么说……海舟老师看了看白虎同学的手表。

"刚好时间到，本周的课就到此为止。下周开始放暑假，我会找有冷气的地方上课。以下是二位期待已久的作业……"

海舟老师从讲桌上的小皮包里拿出太阳镜。金边的太阳镜，镜片上方的颜色比较深，从下面比较淡的部分可以隐约看到眼睛，是小混混戴的那种眼镜。海舟老师摘下圆框眼镜，换上太阳镜，一屁股坐在最前排的桌子上，跷起二郎腿，居高临下地瞪着我们，扔了一沓"纸"在我们正中央的桌上。

那是一沓万元日钞。

我们目不转睛地盯着那沓厚厚的钞票。白虎同学的眼神似在问我："那是真钞吗？"我也用眼神回应她："大概是真的。"我们进行着无声的交流。

海舟老师宣布："这是真的啦！"

为什么要用关西方言说话？

"这里有100万全新无皱褶的钞票。作业就是向我借这100万日元，为期一年。请保持今天的气势，继续加油。"

莫名其妙的关西腔大叔自顾自地说完，把钞票收回皮包，站起来，撂下一句"二位请好好头脑风暴一下"，便大摇大摆地转身离去。

作业是借100万日元

"木、木头！"

"真有你的，白虎同学！头、头、头发！"

"发、发、发菜！"

"菜、菜、菜、菜团子！"

"天哪，妈，你好老派！现在没有人这么说啦！"

"你胡说什么，小孩子不懂事！"

"子子孙孙！耶！我赢了！"

白虎同学发表胜利宣言，游戏结束。

白虎同学提议在我家举行课后作业的作战会议。不用想也知道，姐姐会跑来凑热闹，就连妈妈也来插一脚，结果大家玩起词语接龙游戏来。

"啊……被打败了。白虎同学真的好厉害。"

才过了 20 分钟左右，姐姐就亲昵地称人家为白虎同学，真是个自来熟的家伙。

"好了，介绍和游戏到此为止！我们是为了做功课才集合的，不要打扰我们。"

"喂，打扰这两个字说得太过分了吧。白虎同学，我打扰到你们了吗？"

"没有没有，才没有，是我来府上打扰。"

"你这样问谁敢老实回答啊，好了好了，你们出去啦。"

"叫我出去？这也是我的房间，你算老几？"

"到此为止，别在客人面前吵架，我晚点儿再送点心过来。"

妈妈离开后，姐姐坐在自己的书桌前，显然要偷听。我决定专心于作战会议。

"萨长同学，你有什么想法吗？"

借 100 万日元，为期一年，听起来太欠缺真实感了，我什么也想不出来。

"只要加上利息，一年后还就好了。能借多少算多少，利息再用压岁钱来还。"

白虎同学笑着说："这样我们只会变成冤大头。"意思是说会被那个大叔赚很多吗？

"我目前想到的是先借钱，再把那笔钱借给别人，只要借出去的利率比借来的利率高，还能赚差额。"

"哦，好聪明！"我一边回答，一面咽下"真不愧是放高利贷的家族成员"这句话。

"问题是要借给谁。就算有人可以接受利率高达 10% 的贷款，但谁也无法保证他真的会还钱。"

"借给我吧，以一年 10% 的利率。"

我瞪了嬉皮笑脸的姐姐一眼。感觉好讨厌。

"姐姐要借来做什么？"

"当然是以小博大啦！全部用来买彩票。"

"那更不能借你了，万一要没中奖，你就还不回来了。"

白虎同学笑着回答。姐姐耸肩，把脸转开。真是蠢透了。

"要借给谁还真是个难题。我们必须仔细审核对方借钱要做什么、能否保证按时还款。"

"不然面对海舟老师时也会碰到同样的困难。如果我们不说清楚借来做什么、要如何增值才能加上利息还款的话，可能借不到。"

"都已经答应付他利息了，还得说明要如何赚取利息才行吗？嗯……比如用借的钱购买材料，制作什么东西来卖之类的。"

"什么东西需要 100 万的材料费，而且确定卖得出去、赚得到钱？"

嗯……有道理，我什么都想不出来。我与白虎同学相对无语。

"我有个好主意!"姐姐又插嘴,"你们当转卖商吧。"

"什么是转卖商?"

"先大量采购'跳楼价大甩卖'或花车商品,然后放到网络上卖的人。过程有点麻烦,但听说很容易赚钱哟。"

欸,这家伙投机取巧的知识倒是特别丰富。

"听起来有点意思,谢谢你的建议。"

"不客气。举手之劳而已,不足挂齿。"

受到白虎同学的称赞,姐姐简直得意忘形。

"萨长同学,你怎么想?"

"老实说,我一点想法也没有。该买什么来卖呢?"

"既然是花车商品,无非就是衣服、鞋子之类的东西吧。"

"要锁定时间限定、当地限定的商品,这些东西应该比较有价值。"

调查得这么清楚,这家伙该不会真想做转卖商吧。

"但要是卖不完,家里岂不是会堆满商品吗?"

"可以放在我的房间……但问题是卖不完的话,进货的钱等于打了水漂。"

"而且我们也不知道什么商品该卖多少钱。"

感觉这件事已经超出了我们的能力范围。

"休息一下,你们该补充糖分了。"

就在提议的姐姐也默不作声的时候,妈妈端点心进来。

托盘上是茶和白虎同学带来的铜锣烧。

"谢谢。"

"不客气，是我该说谢谢。这家铜锣烧很好吃，我可以跟你们一起享用吗？"

果然有其母必有其女，妈妈嘴上说得客套，内心已经打定主意赖着不走了。

"哇！铜锣烧里面有栗子！包装也很豪华。白虎同学，你其实不用这么客气的。"姐姐笑容满面地欢呼，抢先伸手去拿铜锣烧。

白虎同学拿起一块铜锣烧，眉开眼笑地咬下一口。

妈妈问我们："功课做得如何？"

我们交换了一个眼神，摇摇头。

"哎呀，这么难吗？"

"妈妈，你借过100万日元吗？"

"咦？"

"他们的作业是要如何借到100万日元，很怪吧。"

"100万日元啊。我们家的车虽然已经很破烂，但当初是贷款买的，超过100万日元。"

"不是那种啦，我们只能借一年，而且还得加上利息归还。还车子的贷款是从爸爸的薪水里扣吧，但我们的作业是要自己用那100万日元做点能赚钱的小生意。"

妈妈一头雾水地盯着我看了好一会儿，开始大笑。

"这个问题太奇怪了吧，初中生怎么可能办得到。"

我突然反应过来，望向白虎同学，白虎同学也露出了严肃的表情。

"我们说不定被耍了。"

"嗯，那个大叔真的很有病。"

"什么什么，瞧你们一脸恍然大悟的模样。"姐姐兴冲冲地问。

我假装没看见，继续说："可是如果说我们不借，未免也太无聊了，稍微给他一点颜色瞧瞧吧。"

"嗯，我似乎知道该怎么做了。"

被当成空气的姐姐似乎有点不高兴，默默吃完刚才吃到一半的铜锣烧，然后拿起马克杯，坐回自己的书桌前。

直到妈妈开车送白虎同学回"福岛家的大宅"，我们都还在车上讨论。到达目的地后，白虎同学目送我们的车绝尘而去，我也摇下车窗，一直朝她挥手。

"福岛家的千金真是个好孩子啊，我还以为会很难接近。"

妈妈似乎已经变成白虎同学的粉丝了。

"真希望她能嫁到我们家当媳妇！如何？你要不要以少奋斗20年为目标去努力争取一下？"

妈妈从后视镜中观察我的反应，虽然那些话传进了我的耳朵里，但当时我满脑子都是白虎同学的背影。

第14堂课

借是好心，不借也是好心

　　教师办公室隔壁的广播室大小适中，空调温度与隔音效果也非常好，是令人感觉舒适的隐秘场所。我们面前却有个身材高大的中年大叔，身穿花哨的夏威夷衬衫，戴着看似小混混的太阳镜，双腿叉开瘫坐在折叠椅上，不知为何还拿着一把特大号的折扇，这模样看起来好眼熟。

　　我们关注的焦点还是那沓放在播音器材上的 100 万日钞，它散发出令人喘不过气的紧张感。唯一令人欣喜的是现在已经放暑假了，我不用再穿校服了。白虎同学也换上了白色的洋装，这让室内有了些许沁凉的气氛。

　　"请原谅我们不借那 100 万日元。"白虎同学从折叠椅上站起来，大声宣布。

　　戴着太阳镜的大叔讶异地挑了挑一边的眉毛。模样实在太做作了，害得我们忍俊不禁。

"是在笑什么啦，你们的工作是要想尽办法向我借钱吧。"

他似乎很中意这个小混混的角色，我也站起来。

"理由等一下再说，请您先把手伸出来。"

我把530日元、白虎同学把610日元放在海舟老师巨大的掌心里，海舟老师则把借据还给我们。出借1 110日元，一周赚30日元，对吗？嗯，还不错。然后白虎同学与海舟老师交换白色手表和收据，从此两不相欠。

"通过我们的'借贷'与海舟老师的'增值'，一周增加了3%左右的利息，以复利计算的话，一年后的还款金额会变成现在的好几倍。就算不到好几倍，借100万日元也会产生几十万日元的利息。"

"我们想了很多让借来的钱增值的方法，但还是没把握赚来的钱足以支付利息，所以我们认为不该借这笔钱。"

我们一起坐下。太阳镜后面的视线在我们身上游移。

"啪嚓！"我被折扇巨大的声音吓了一跳，白虎同学却丝毫不为所动，笑得很开心。海舟老师眉飞色舞地说："干得好！"然后摘下太阳镜，换上圆框眼镜，随手把折扇扔在了播音器材上那100万日钞上。

"可以请二位说说你们是如何成功看穿我的陷阱的吗？"

"我们最先想到的是转借，就是以更高的利率把借来的钱再借给别人，可是不容易找到愿意借的对象，所以立刻放弃了这个方法。"

"然后又想到用借来的钱开一家转卖商店。这是我姐给我的提示。"

"哦，这方法不错，听说转卖商店很容易赚钱。"

"我们想了很多方法，可是包括转卖商店在内，我们没有任何关于做生意的知识，所以又觉得此路不通。"

"你们懂得悬崖勒马，很明智。"海舟老师点头赞许。

"'借贷'与'增值'这两个互为表里的概念要成立，其实是有条件的，必须要由'赚钱'的人在票据背面签名，保证能赚取借钱附带的利息成本。要是债务人不能保证会'赚取'就不该借钱。就算把'赚取'换成'获赠'也一样。借钱的人一旦欠下无力偿还的债务，人生就会失去控制，一路往下沉沦。"

往下沉沦啊……好可怕。

"话说回来，要是我愿意出借这次的 100 万日元，你们猜我会收多少利息？"

"50% 左右。"我回答。"30% 左右吧。"白虎同学说。

"看样子二位都认为我是一个非常贪心的人，这真是我的荣幸。虽然我认为即便如此还是太低了，但其实没办法要那么多利息。因为日本法律规定，超过 100 万日元的融资，利率上限为 15%。"

是吗？我倒是不知道。就算这样，一年的利息还是要 15 万日元，我们根本没能力还款。

"过去的地下钱庄，也就是高利贷的利率可以高达 30% 或 40%，但随着身处负债地狱、生活陷入困境的人越来越多，国家就修改法律了。"

海舟老师以试探的语气问我们："你们听说过讨回过付利息的官司吗？"

"听过，我们家因此被告了很多次。"白虎同学的表情变得僵硬。

"不该让小孩子知道的事被听见了呢。我为萨长同学解释一下，就算在利率高达 40% 的时代，也有人走投无路跑去向高利贷借钱。为了还钱，这种人还会再向别家高利贷公司借钱，挖东墙补西墙，这就是所谓的多重债务者。一旦以债养债，这种人就再也爬不起来了，变成债务的奴隶，最后宣告破产，更惨的还有连夜潜逃或自杀的。"

债务的奴隶啊……这句话真吓人。听起来好像跟守财奴是一伙的。

"不幸的消息层出不穷。有一阵子，整个日本社会观念都认为放高利贷不应该被允许，从而促进国家修改法律。不只将高利贷的利息一口气对半砍，国家还做出一项前所未有的创举，那就是接受债务人提出讨回过付利息的官司。"

"'过付'是什么意思？"

"就是'过度支付'的意思。新的利率上限为 15%，等于是要求放高利贷者返还与以前 30% 的利息差额。萨长同学，你一脸'拿回过度支付的利息是理所当然'的表情。"

"因为 30% 太多了。这岂不是趁火打劫吗？"

"可是法治国家就是人们可以在合法的范围内自由行动，而国家长久以来都默许这么高的利率。国家可以修改法律，但是新法不应该回溯既往。要是猜拳可以慢出，人民生活及市场经济都会变得乱七八糟。"

猜拳慢出吗？……听起来很诈，但总觉得是两码事。

"不妨用以下的例子来思考。假设有一天，贩卖牛肉变成违法的事，而且国家还回溯既往，向肉铺及汉堡店开罚单，以前卖出了多少牛肉就要商户缴多少罚款。"

哦，我有点懂了，这样的确很乱来。

"要是国家允许追溯既往的罚款，牛肉专卖店大概会一家接一家地倒闭。不仅如此，就连跟牛肉有关的买卖也无法继续。"

"啊，因为下次可能会轮到鸡肉或猪肉遭殃吗？"

"没错。在可以猜拳慢出、回溯既往的世界里，就算是守法的买卖也不能安心。日本对过付利息的追讨就是这么回事。"

"可是日本为什么要做这种为人诟病的事呢？"

"还不是因为政治家、官员及法官想笼络人心嘛。既然舆论都对高利贷骂声不断，那些政府官员干脆就彻底地把放高利贷者往死里打。谁叫放高利贷者赚得太狠太贪，认为他们应有此报属于人之常情。明明是政府放任他们牟取暴利，政治家和官员却一面收受政治献金、以空降部队的方式在国有企业里坐领高薪，另一面反过来扮演正义使者。"

海舟老师说得越来越不留情面，白虎同学却听得出神，眼神十分专注。

"言归正传，回到我们的主题。"

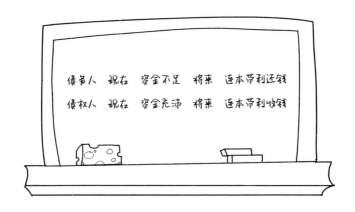

奇妙的盘算社团

"金钱的借贷与两个平衡有关，一是金钱的存在方式，另一个是时间比例。债务人现在手边虽然没有钱，但将来确定能赚到钱。债权人手边有多余的闲钱，心想要是能顺利增值就好了。利率将两者连起来，让沉睡的金钱进行有效的流通。接下来轮到我们酝酿多时的秘密武器上场了，'增值'的行为算是普通吗？换句话说，'增值'属于'赚取'还是'获赠'？"

　　来这一招吗？海舟老师停顿了一下。我看了白虎同学一眼，她有点心不在焉。

　　债权人借钱给现在正苦于资金不足的人，债务人用那笔钱做生意或购买车子、房子。一旦债务人赚到钱就能还钱，而债权人则借此赚取利息。嗯，听起来不赖。

　　"萨长同学，你想好了吗？"

　　这个大叔真的很会看脸色。

　　"借钱出去的'增值'虽然没有付出劳力，但是与'赚取'或'获赠'一样，可以放进普通的等级。"

　　"我基本上同意你的意见。但我认为这里有个条件：债务人与债权人必须达成合理且理性的共识。"

　　合理且理性吗？……听起来好一板一眼。

　　"就拿上周的例子来说，缺钱的萨长同学为了买最新的漫画，必须付出利息的代价，一旦领到零用钱就还，所以也算合理，是吗？"

"是的。"

"这就是所谓的合理且理性。可惜借钱时人们很容易丧失理性的判断力。比如：现在就想拥有新产品，立刻掏出信用卡来刷；对豪华大厦一见钟情，申请超出自己负荷的贷款；赌博输钱，企图一次翻本；如果不赶快准备好100万，公司就会倒闭……原因不胜枚举，总之借钱的行为会让人丧失冷静的判断力。"

我偷偷瞥了白虎同学一眼，只见她眉宇间挤出深深的皱纹。

"所以无论借款条件多么苛刻，丧失理性的人都会接受，就算是10天一成这种丧尽天良的高利贷也不例外，还有人甚至拿出自己或家人来抵押。可恶的放高利贷者连贩卖人口或买卖器官这种缺德事也做得出来。"

买卖器官……这真的是初中生该上的课吗？

"以前有个伟大的银行家留下一句'借是好心，不借也是好心'的名言。这句话十分深奥，拒绝借钱给不应该借钱的人其实是为了那个人好。"

拜先前讨论太多对心脏不好的话题所赐，我感觉这句话讲得非常好，一下子就打动了我。

"所以说，债务人与债权人都必须处于可以冷静判断的前提下，这样借出去的钱才能纳入普通的范围。"

海舟老师的目光再次集中在白虎同学身上，白虎同学抬起头。

"也就是说，放高利贷应该属于'窃取'吗？"

海舟老师毫不犹豫地点头。白虎同学咬紧嘴唇，眼睛一眨不眨地盯着海舟老师，我觉得她的侧脸好漂亮。

"至少必须把过去以 30% 利息放款时代的放高利贷者归类为'窃取'。债务人即使当下逃过一劫，最后还是会完蛋。债权人收取这么高的利息也会对社会造成损失。所以放高利贷应该被视为'窃取'。"

白虎同学全神贯注地听着，嘴角随即浮现一抹笑意，从她低着头，到说出意外的话。

"谢谢老师。"

我不明白她何出此言，海舟老师则静静地听她倾诉。

"过去我一直情绪化地否定父亲的工作。我明知父亲有多忙、多认真地工作，却不知该如何整理自己的心情。"

白虎同学抬起头，对海舟老师和我嫣然一笑。

"但我现在可以坦然面对一切，从心里接受这个事实了。虽然我还是希望父亲能放弃高利贷的工作。"

海舟老师以温柔的目光注视着白虎同学。

"我一直很羡慕萨长同学。"

好意外的一句话，令我又懵了。

"我很羡慕你能不假思索地说出'尊敬当消防员的父亲'这种话。"

不知道这时候该说什么才好，我果然还是太嫩了。

海舟老师"啪"地拍了一下手。

"这次我们又从白虎同学的问题中得到一个答案。"

他的掌声具有让气氛变活跃的力量。

"从必要之恶的角度出发，把赌场主定位为'获赠'，把将债务人逼入绝境的放高利贷者定位为'窃取'，最后剩下地主。但现在我们准备得还不够充分，所以不妨下次课我们再深入探讨一下'借贷'与'增值'的关系。以下是二位期待已久的作业。"

要是我可以和白虎同学一起讨论作业的话，那就太好了。

海舟老师从手边那沓钞票中抽出一张万元日钞。

"请向我借这 1 万日元，期限是一年。这次采用竞标的方式，我会选择条件较好的人借给他。这次不可以弃权。"

又来了，真麻烦。而且这么一来……

"因为是竞标，禁止召开作战会议，请各自努力。"

心情一下子变得好忧郁。

"别忘了，关键词为合理且理性。那么我们下周见。"

海舟老师走出广播室，留下我和白虎同学。脑海中闪过她刚才那句"我一直很羡慕你"，我仿佛被施了定身术，动弹不得。

白虎同学轻巧地站起来，伸出右手。我也站起来，正要回握，想起手心里都是汗，连忙在牛仔裤上抹干净。

我们掌心重叠，轻轻地握了一下手。

"萨长同学，这阵子非常感谢你。"

过了好一会儿，白虎同学加重了一下握手的力道。

"下次作业我不会输给你了，大家都加油吧。"

在几乎要让手麻木的握手后，白虎同学以开朗的语气说了声"下周见"便离开了广播室。

我独自待了半晌，这才发现自己后半堂课一句话也没说。

让金钱"增值"比登天还难？

1万日元借一年要付多少利息？借出1万日元能得到多少利息？我完全没有概念。

既然用借来的钱做生意等于肉包子打狗，那只能借鉴白虎同学的"转借"了。

"妈，我有件事想跟你商量。"

"什么事？瞧你叫得那么肉麻，是不是又要预支零用钱？"

"正好相反，如果我借你1万日元，你一年愿意付给我多少利息？"

"永远都在缺钱的你哪来那么多钱？"

"我最近会得到这笔钱，所以想借给你。"

"你想利用转借从父母这里赚钱吧？我怎么会生出你这么'聪明'的儿子。我想想，我又不缺钱，顶多给你 10 块钱利息吧。"

"欸，一年 10 块钱，会不会太小气？"

"小兔崽子没在存钱，肯定不晓得现在银行利率有多低吧。上网查一下呗，你不是最喜欢有事上网寻求帮助，搜索一下定存利率一年是多少。"

"定期存款，一年，利率……啊，有排行榜，只要找家利率高的银行不就搞定了。"

但我轻松的心情只持续了一秒就烟消云散了，因为每家银行的利率只有 0.1% 或 0.2%。这么一来，要在现在这个世道'增值'不就无望了。

我在网上搜索"让金钱增值的办法"，然后觉得自己蠢死了，果断放弃。既然如此，利率就定为 0.2% 吧。虽然赚不到钱，但行情就是这么低也没办法。

这样大概赢不了白虎同学。

8月

第15堂课

低利率的罪魁祸首是"市场的力量"

我推开家政课教室的门，顿时香味扑鼻而来。"萨长同学，你来得正好，玉米就快烤好了。"海舟老师从窗边的料理台转过身来，我从没见过像他这么高大的人穿围裙。一旁的白虎同学身穿粉红色的 T 恤和白色的短裤，她的打扮是可以直接冲向海滩的夏季装扮。

"白虎同学，你来得好早。"

"因为我有点事想问海舟老师。"

"我正告诉她我的孩子几岁、念什么学校。因为她正在考虑出国留学的事，想听来参考一下。"

出国留学啊……我想都没想过。感觉白虎同学似乎离我远了一点。

"红茶也泡好了，咱们边吃边聊吧。"

茶杯里飘出美妙的香味。海舟老师坐在餐桌边的正中间，右手边是我，左手边则是白虎同学。热腾腾的烤玉米酥脆可口，美味不输给饭店。我从装烤玉米的盘子上的果酱瓶里舀起一勺果酱，放进红茶里，做成了俄罗斯红茶。嗯，很好喝。

"你们赶紧展开万众期待的对决吧，我还准备了这个。"

海舟老师递给我们速写本和略粗的签字笔。

"请写下1万日元，为期一年的话，要付多少利息。"

我在第一页写下了"0.2%"。看多少遍依然是个毫无吸引力的利率。

"准备好了吗？那么请揭晓。一、二、三！"

我在翻开速写本时，下意识地闭上了眼睛。

安静一会儿后，耳边突然传来一声大笑。我战战兢兢地睁开双眼，与从速写本前探出半张脸的白虎同学四目相对，只见她略带笑意的眼眸底下的本上也写着大大的"0.2%"。

"二位不分胜负。真有意思。这种不相上下却又完美的平局肯定并非偶然，所以是要我解谜的意思吗？"

海舟老师从围裙口袋里拿出手机，不对，好像是小型的平板电脑。都怪他的手太大了。屏幕里出现的正是我搜索到的定期存款利率排行榜。我不由得与白虎同学相视一笑。

"上次你们已经知道，要通过做生意来让金钱增值对你们来说太不切实际。而要找到转借的对象又很困难，没办法，只好把钱存在银行里。然而上网搜索定期存款利率的结果却让二位惊呆了，没想到这么低，只好放弃自己要赚的差额，将 0.2% 的利率，也就是 20 日元全部上缴给我这个贪得无厌的大叔。二位大概是这么想的吧。"

我与白虎同学送上掌声，海舟老师站起来，行了个宛如舞台戏剧演员般的夸张大礼。

"我其实很期待你们回答出大同小异的想法。因为这次的关键词是合理且理性，所以你们都避开了不确定能否'赚钱'的借贷，而且也没刻意想赢过对方，保持理性，这才是'借贷'与'增值'的基本概念。要是太贪心或意气用事，一定不会有好下场。"

我们边吃烤玉米边听他说。

"唯有站在理性的基础上，才能做出合理的判断。你们选择的方法并非只是上网搜索，而是货真价实的市场利率调查。"

市场又出现了。"以这个例子来说，市场指的是什么？"白虎同学问道。

"市场是银行争取客户存款的场所。不妨将存款人搜索利率排行榜网站，然后从中选择利率比较高的银行的过程视为一种市场行为。"

"可是各家银行的利率几乎没多大差别，根本无从竞争吧。"

"不，这才是重点所在。你知道为什么明明有许多家银行，但它们各家银行之间的利率却差不多吗，白虎同学？"

白虎同学沉思后回答："因为高过这个利率的话，银行就会亏损。"

"没错！银行会将汇集到的存款融资给企业或房屋贷款人，那方面也有其市场，也要竞争。申请融资或贷款的人都希望以尽可能低的利率借到钱，而提供融资或贷款的人虽然想多赚一点利息，但是如果狮子大开口，客户就会去找别家银行，因此放款利率会在相互竞争的过程中稳定在一定的水准。"

"所以放款时的利率就不会差太多吗？"

"是的。因为能赚到的利息差不多，存款利率也无法定得太高。换句话说，萨长同学口中相近的利率水平正是存款与贷款双方进行市场竞争的结果。"

是吗？可是这样很奇怪，但是我在白虎同学面前又有点问不出口。

"既然如此，为什么还有人从利息特别高的地方借钱？"

"萨长同学，你思路很清楚呢。只要放款人之间存在竞争关系，借款人又能保持理性，就不会有人因为借钱而搞得身败名裂。可是现实生活中因为向高利贷借钱而导致人生陷入绝境的悲剧层出不穷。"

那个，请不要表现得太激动。

"这是因为市场失灵了。"

"市场？"我说。"失灵了？"白虎同学问道。

"对，市场失灵了。健全的市场机制必须建立在进入市场的买卖双方都具有合理判断力的基础上。以高利贷来说，借款人已经失去了正常的判断力，所以市场也跟着不正常，任由放款人对利率进行操控。"

"如果出现这种情况该怎么办才好？"

"只能由政府介入，设定利率上限就是最好的例子。另外要求放款人严格审查借款人的条件也是一种方法，规定随便乱借钱的放款人要接受处罚。"

借是好心，不借不也是好心吗？

"所以呢，我和萨长同学谁可以借到那 1 万日元？"

"这次竞赛无效，既然二位分不出胜负，自然谁也不借。"

不知不觉间，烤玉米已经吃完了。我们各吃了三根，肚子有点饱。

"'借贷'的基础篇到此告一段落。下次是应用篇，我们又要去社会实践了，请大家下次课早上十点在北门集合。这次我们要去远一点的地方，请事先告诉家人我们要傍晚才会回来。"

我们洗完杯盘，在中午前解散。

走出校门时，我鼓起勇气约白虎同学："今天要不要去我家吃午饭？"

"改天吧，我出门时和妈妈说会回去吃午饭。"

光是这样就足以让我有一种被推落到谷底的失落感。

"不过，我有点事想问萨长同学，一会儿买了冰激凌一起走走吧。"

我突然有种升入天堂般的感觉，但是下一秒又陷入了绝望，因为我没带钱包……正当我焦急地翻着口袋的时候，白虎同学帮我准备好了台阶："啊，我请客。反正我这个月的零用钱一点都没花。"

"谢了，下次换我请你。"

"好，没什么。"

我和白虎同学从学校前的文具店兼糖果店"伊藤文"前走过。这家店全名是伊藤文文具店，简称伊藤文，是附近中小学生的聚集地。我念的小学就在附近中学区旁边，学区内另一所小学也离这里不远。我还在想她不是要买冰激凌嘛，白虎同学已经绕过了下一个转角，走进"Noel"蛋糕店。

"我最近迷上了这里的白桃杏仁冰激凌。"

我还是第一次走进"Noel"，这家店是出了名的贵。果不其然，最便宜的香草冰激凌也要 200 日元，白桃什么的冰激凌更是要 300 日元。就这样点单的话，有点太贵了，怎么办？

"和我一样的可以吗？很好吃哟。"

白虎同学又救了我一命。真丢脸。在我沮丧的时候，白虎同学已经结完账走向门口，我小跑着跟了上去。

走到店外，我们立刻打开冰激凌的盒盖，然后用勺子舀起一口放进嘴里。

"呜——！"我不由自主地发出意想不到的怪声音。白虎同学则迫不及待地吃了第二口，脸上浮现出如冰雪消融般的笑容："对吧！对吧！这个最好吃了。"她说的没错，这是我有生以来吃过的最好吃的冰激凌。痛快地吃了好几口后，我们开始往前走。我和白虎同学的家是同一个方向，直到前面的公园。

白虎同学以轻描淡写的语气开口："我想问的是萨长同学爸爸的事。"

"啊？"我错愕地反问，接着说，"虽然没什么有趣的，但你尽管问吧。"

白虎同学迟疑了半拍才说："你平常会和你爸爸聊天吗？"

"当然会啊，只要他在家。因为消防员经常要值班，所以没太多机会，但平常我们会聊天。"

"比如，是在吃饭的时候吗？"

"或是看电视的时候、买东西的时候，他偶尔还会陪我踢足球。"

"这样啊，你们感情真好。"

白虎同学不怎么跟爸爸聊天吗？总觉得这像是难以启齿的话题一样，但或许白虎同学正希望我问她也说不定。

"白虎同学不怎么跟爸爸聊天吗？"

白虎同学发出"嗯……"的低吟，然后陷入沉默。我吃着逐渐融化的冰激凌，借此熬过尴尬的沉默。就算是这种时候，冰激凌也好好吃。

"我们最后一次说话大概是一年前的事。"

"啊！"我忍不住大声惊呼，"或许是因为房子太大，你们不怎么能碰面吧？"

对于我提出的蠢问题，白虎同学的嘴角勾起了一个微笑。是我多心吗？总觉得白虎同学的眼神变得凝重。过了好一会儿，白虎同学才说话。

"你还记得去年夏天，我们家赌场的事情吗？"

我反复搜寻我的记忆，但还是想不起来，只能摇摇头。

"就在我们家赌场对面的停车场里，有个婴儿死在了车里。当时是因为他的母亲沉迷于赌博，把孩子留在车里。这个婴儿因中暑而死，还上了电视新闻。"

印象中好像是有这么一回事，原来那件事情发生在"福屋"啊。

"新闻说那个母亲明明没有钱，却还向我们家的金融公司借了高利贷，每天去赌博。"

白虎同学说到这里，又沉默了。我也一时半刻说不出话来。

"啊，你的冰激凌快化了，赶快吃吧。"

白虎同学以开朗的语气打了圆场，我用勺子把剩下的冰激凌刮得干干净净，小声地说："真的好好吃。"

"自从那件事以后，你就不跟你爸爸说话了吗？"

这次的沉默是目前为止最久的。或许是因为吃了冰激凌，我总感觉从头上直射而来的阳光比平常更热。

"白虎同学，咱们要不要去公园坐坐？楠木树下的阴凉处有张长椅。"

我们坐在树荫下，河边吹来的风带来了一丝丝凉意，但盛夏的公园还是很热，就连亲子同游的人和玩耍的小孩子也少了。大概是敌不过暑气，就连蝉鸣也稀稀落落。

"当时，电视播出了采访我爸的画面。"

白虎同学总算开口了，语气与平常无异。不，是努力变得和平常无异。

"电视台的人来了，朝我爸递出话筒，问他作为老板是不是也有责任。当时，我爸他……"

话到这里戛然而止，我只能耐心等待。

"我爸他……"

风突然变大，树叶沙沙作响。

"我爸说他身为老板，已经提醒过客人注意事项，尽了应尽的义务，接下来是客人能不能约束好自己的问题了。"

仿佛是为了盖过树叶沙沙作响的声音，白虎同学一口气说完了这些话。

"是这么说的吗？"

风停了。在阳光的照射下，楠木浓密的影子落在了脚下，时间仿佛停止。

"看到电视那天，我问我爸爸，为什么婴儿必须要死掉呢？如果没有赌场，就不会发生这样的事情了。"

白虎同学的声线微微颤抖。

"你猜我爸怎么说？"

自从在长椅上落座后，白虎同学第一次直直地看着我，我也认真地看着她。

"他说我们只是运气不好，这件事刚好发生在我们家的赌场门前。"

白虎同学说完，眼里滚出豆大的泪珠，不断地顺着脸庞滑落。

如果是成熟的男人，这时应该会搂住她的肩膀，摸摸她的头吧。

但我什么也没有做，只能听她说话。

"从此以后，我就再也没和我爸说过话了。"

无能为力的我也只能目不转睛地望着白虎同学低垂的脸庞。

白虎同学没有放声大哭，只是静静地流泪，任凭泪水流过脸颊，从下巴滴落。

我虽然觉得这时产生这种念头很奇怪，但还是觉得闪闪发光的泪水在滴落的时候好美。

这个光景持续了不知道多久。

白虎同学突然抬起头说："谢谢你，萨长同学，谢谢你陪我一起哭。"

不知何时，泪水也从我的眼眶流出。

我们在那之后默默地挥手告别。在公园别过，我抬头看了看广场的时钟，已经两点了。我走向饮水台，哗啦哗啦地洗了把脸。脑中仍不断回响着上次她那句"我好羡慕萨长同学"。

第16堂课

股票投资与"看不见的手"

"我们大概还要一个小时才能到，所以我想先简单地说明一下今天要参观的目的地，不然你们要抛下我这个可怜的司机在一边谈情说爱了。"

虽然海舟老师讲话一向这么轻佻，但唯有今天令我感觉有点心虚。只要脑海中闪过上周发生在公园里的事，我就变得没办法好好跟白虎同学说话，于是我们都默不作声。

"怎么，沉默是金吗？那我该回答雄辩是银吗？"

海舟老师打开收音机，播放着轻柔的音乐，好像是爵士乐。

"今天要拜访的是我跳蚤时代的朋友。当时他也是跳蚤的一员，后来金盆洗手，进入了正当的金融业，比落荒而逃的我更有勇气和毅力，也更值得尊敬。"

好久没听到他这样自嘲了，我问道："所以今天我们要去银行吗？"

"不是银行，是资产运营公司。它提供一种叫'信托'的产品给一般的投资者。资产运营正是所谓的'增值'。它的工作是向客户募集资金，然后将资金投资于股票市场，帮助客户'增值'。"

"增加客户寄放在公司的钱，听起来很像银行存款啊。"

"是很像。但差别在于客户把钱放在它那里的时候，不知道钱会不会增加。万一投资失利，钱可能会减少。"

"什么是信托？"

白虎同学也加入讨论，我稍微松了一口气。

"顾名思义是相信对方，把钱托付给对方的意思，简称信托，这是世界上最常见的资产运营产品。接下来要带你们去见的高山先生自己白手起家开了一家信托公司，客户一般是个人投资者，也就是所谓的普通人。他的厉害之处就是在雷曼风暴爆发后马上开了这家公司。"

"海舟老师则是因为那个雷曼风暴辞职了啊。"

"对，我是被金融危机吓跑了。他则给出了不同的答案，认为金融应该更为社会着想，于是成立了公司。"

哦，这么听来的确很酷。

"这是远比二位所能想象的更加艰难的决定。在全世界正陷入恐慌时，居然有人要在这个金融危机的震源开家公司，这和疯了没有什么区别。而且加入这家新公司的成员都是业界知名的优秀人才，大家都放弃了高薪和稳定的工作，把一切赌在这项新事业上，真是了不起的挑战精神。"

"海舟老师没有想过也开一家这样的公司吗？"

"我是想过迟早要做些什么，但还是想再当一阵子无业游民。"

"呃，你做了这个社团的老师，也不算无业游民吧？"

"这个啊，因为没有工资，所以还是算无业游民。"

是这样吗？为什么没有工资还要做这种事情呢？虽然我内心充满疑问，但奔驰车刚好驶出了高速公路，进入市内，所以刚才的对话暂时告一段落。

我走在石板路上，感觉有些违和。因为在我的想象中，信托公司应该会在像银行般的办公大楼里，但这里怎么看都像是旅馆。石板路两旁种满了杜鹃花，松树在门前伸展低矮的枝丫，里面貌似能看到饲养了鲤鱼的池塘。白虎同学也一脸匪夷所思地左顾右盼。我们走到大门口时，气派的白色木框的拉门敞开着。

海舟老师把头探进去喊了声："有人在吗？"

"来了来了。欢迎你们远道而来，请进。"

笑着迎接我们的是个年纪约 40 岁，戴着银框眼镜的中年大叔。他穿着一身水蓝色的白衬衫，袖子微微卷起。

"你这么忙我们还来打扰，真不好意思。"

"别这么说，敝公司就属社长最闲，其他人倒是真的到处飞来飞去。"

"我叫木户隼人，今天承蒙招待。"

"我是福岛，打扰了。"

"敝人姓高山，是 Tree Rings 信托公司的社长。"

我们被带到有走廊的和室，面向庭院的木质地板上摆着四张藤椅和一张玻璃桌。

"请坐请坐，我去给你们倒杯冰凉的麦茶。"

我趁他去倒茶时在房间里四处张望，约莫 15 平方米的和室里有张木质办公桌，桌上有两台笔记本电脑，旁边有个白板，感觉很奇怪。

"很古怪的办公室吧，这里充满了高山先生的创意。"

高山先生刚好回来，笑着把茶杯递给我们说："你说谁是怪人来着？"

我们咕嘟咕嘟地喝下透心凉的麦茶。今天大概是今年夏天最热的一天。

"你搬来已经有 5 年左右了，果然离开市中心也不错吧。"

"可以说是相当正确的选择了，这里能够让我专心做该做的事。多谢你的建议。"

"客气，不过我真没料到你能挖到这种宝贝。"

"的确是挖到宝了。"两人自顾自地谈笑一阵后，高山先生才向我们说明，"这里原本是一家老字号旅馆，因为无人继承才被拿出来售卖，我就买来当了办公的事务所。只换了新的壁纸和榻榻米，其他几乎原封不动。我们是一家只有 5 个人的小公司，所以这里不光够住，还非常舒适。而建议我离开东京，搬来乡下的就是这位大尤达。"

大尤达？"啊！"我们异口同声。

这时海舟老师翻起眼皮，摆出了一个微笑的模样。

"尤达是电影《星球大战》里绝地武士的师父。江守先生和尤达一样，具有异于常人的身高与先见之明，所以金融业界人士都叫他大尤达。我一直很期待大尤达能带他引以为傲的年轻武士来找我。"

我与白虎同学交换眼神。我们是大尤达的徒弟吗？听起来还不赖。

"那么，我们直接进入主题吗？木户同学和福岛同学对敝公司或资产运营了解多少？"

"请叫他们萨长同学与白虎同学。木户、福岛是他们展开绝地修行前在俗世的名字。顺带一提，我是海舟老师。"

"这称呼也太有年代感了，比起绝地武士，更像维新志士的感觉。"高山先生兴高采烈地搓着手说，"那么请问海舟大师，要从哪里开始呢？"

"我在车上说明过重点，这两个人都很聪明，所以从你平常的工作开始说就可以了。"

高山先生嘴角带笑地轮流打量我们，感觉正在掂量我们的斤两。

"那么，我一开始就火力全开喽。我们公司的工作是替把钱存在敝公司的客户寻找日本各地的优良企业进行投资。当企业成长到一定的规模就会发行股票，通过购买某家企业的股票可以拥有参与这家企业的经营及利益分配的权利。任何人都可以参与买卖该企业股票的企业被称为'上市公司'，意思是指企业登上股票市场这个开放式的舞台。"

白虎同学开始记笔记，我也急忙翻开笔记本。

"敝公司目前大约持有 30 家公司的股票。投资的公司一旦赚钱，股票市场的股价就会上涨，公司会把赚来的钱分配给股东，使得股利增加，也就是我们的客户就能赚钱，大概是这样的机制。"

高山先生说到这里，打开电风扇。说实话，天气这么热，感觉开电风扇也只是把热气搅一搅而已。

"如何选择值得投资的公司？"白虎同学问道。

"首先要彻底分析数据，比如该公司赚不赚钱、营业额增长速度快不快、债务会不会太多等数据分析。然后缩小范围，事无巨细地调查该公司的业务内容，比如公司在哪里、生产什么、卖给谁、之后怎么赚钱。整个过程虽然很花时间，但我很喜欢这项工作。"

高山先生边说边从办公桌下拖出一个看似很重的纸袋。

"这是某家制作医疗看护用床公司的资料。"

纸袋里是写满数字和图表的资料，摞起来相当于四本《周刊少年 Jump》漫画杂志那么厚。我有点不敢相信地问道："这些全都要看吗？"

"不，就像萨长同学所想的那样，我并没有全部看过。"高山先生笑着说，"敝公司有两位专门负责调查分析的员工。先由专门负责这家公司的久保田先生全部看过一遍，再整理成资料向团队的其他成员说明。"

高山先生打开笔记本电脑，展示了许多数字和图表。

"这是我们对这家公司未来发展的预测。公司以每 3 个月一次或每年一次的频率向我们提交被称为决算的报告，但是他们只能提出今年的预测或未来 3 年的计划。我们则想得更远一点，要具体地预测到这家公司 20 年后的未来。当然预测不完全准确，但是描绘未来的蓝图、选择最好的投资对象是我们工作中最重要的部分。"

高山先生操作电脑说："为了预测未来，我们还得搜集这样的材料。"画面中显示的是一位穿着水蓝色工作服，打着领带的叔叔，他的装扮看起来有些奇怪。

"这是那家生产医疗看护用床公司的社长。在决定是否要投资这家公司以前，我们一定会与该公司的高管、社长或创始人见面详谈。"

海舟老师补充："另外，并不是对投资的每家公司的社长都需要登门拜访。"

电脑画面切换成排列着满是对话框的评论。

"这是对拟投资公司的调查资料汇总。我们利用各种手段从该家公司的客户、上游供应商、竞争对手等处打探听取拟投资公司的经营情况，还曾经偷偷潜入该公司员工常去的居酒屋探听。"

"我再补充一点，能够调查得这么彻底，我们在业界真的是特例中的特例。"

"当我们彻底调查到这个阶段，大概只剩下一家公司值得投资。而日本大约有3 000家到4 000家上市公司，即使从中选出30家左右，这都是一座及格率只有1%的独木桥。"

"为什么描绘未来的蓝图是最重要的工作？"

白虎同学似乎对这句话非常感兴趣。

"嗯，那个啊，这个说法可能有点狂妄，因为我们的工作是在为老天做事。"

我们又异口同声地说："老天？"海舟老师眉开眼笑地看

着我们。

"没错，你们听过'看不见的神之手'这句话吗？"

我们对视一眼之后，一起摇头。

"这句话出自以前的一位名叫亚当·斯密的学者，用来形容市场机制。他只写下了'看不见的手'，但是因为那只'手'做出来的事简直神乎其神，所以不知道从什么时候开始人们加上了'神'这个定语。"

看不见的神之手。听起来好酷，像是什么必杀技。

"市场就像你们知道的那样，是买家遇到卖家的地方，买卖的东西可以是水果、车子或面包。在市场里卖的东西中，我认为从长远来看，资本才是市场上最重要的东西。"

"资本是什么？"

"可以说是推动商业行为的本钱吧。如果我们投资一家公司，那笔钱就会成为那家公司的资本。公司用那笔钱盖工厂、买材料、雇用员工，然后创造出比本钱更多的财富，回馈给投资人、员工及社会。这样一来那笔钱又回到社会，其中一部分变成资本，让世界越来越富足。简单地说，这种财富的再生循环正是资本运作的基本原理。"

没有本钱就无法做生意。投资人就是出借这笔本钱的人。

"人们需要钱的话，也可以向银行借啊。"

"白虎同学真敏锐啊。可是向银行借钱要在规定的期限内还钱，也就是说公司用借来的钱盖工厂或开店，必须在一定期限内赚到钱，并且连本带利地归还。这对于需要比较长的时间才能赚到钱的公司来说，时间太紧张了。"

经过上次借钱的作业，我很清楚借钱做生意有多难。

"而我们投入的资金将转为企业本身的资本，原则上企业可以不用还，只要不配股息，就不用每年再另外耗费成本。企业则可以放心投资在工厂或土地等长期使用的东西或人才培育及研究开发上，还可以双管齐下处把这笔资金与贷款妥善运用在事业发展上。"

白虎同学听得出神，双眼闪闪发亮。我倒是希望能给我一些思考的时间，不敢奢望能来杯俄罗斯红茶，但是我真的需要补充糖分了。

"高山先生，为了快要阵亡的绝地武士们，稍微松口气吧。我带来的水羊羹茶点应该已经冰得差不多了。"

高山先生看到我眼神涣散，微微一笑说："这些对初中生来说似乎难了点啊，那就遵从海舟大师的意见，放松一下吧。"

我们走进厨房，海舟老师把温热的焙茶和四人份的水羊羹茶点放在托盘上一起端了出来。他率先撕开了水羊羹的封膜，吃了一大口，喜笑颜开地说："这个用了上好的馅儿呢！"看来海舟老师很爱吃甜食。

"那么，关于资本是什么，我们说到哪儿了呢？我们的工作与分配这项极为重要的资本息息相关。企业会从各种渠道募集到资本，就算我们一时半会儿不投资也不会出问题。可是一旦企业让各位投资人失去投资的兴趣，下次这家企业在想盖新的工厂时，可能就募集不到资金了。"

　　原来如此。不被投资人看好的企业是无法成长的。

　　"因此，需要资本的企业就得努力争取我们这些投资人出资，我们投资人则必须尽量找出最优良的企业进行投资，好让资金增值最大化。当双方的努力在市场上共同发挥效力时，奇迹就会发生。"

　　高山先生的声音充满力量，不过扯到奇迹也太夸张了。

　　"我所谓的奇迹，直截了当地说就是实现最理想的资本分配。说得婉转一点，则是让能为大家带来快乐的优秀企业，得到其所需的资金，投资人也因钱变多了而快乐，企业、员工及社会，乃至全世界的人都会变得快乐，大概是这种感觉。"

　　我们面面相觑。我正想着白虎同学很少听得嘴巴都张开了，发现我也张着嘴。高山老师挠挠头："瞧我，说得太起劲，一下子思维跳跃过头了。"海舟老师笑着说："就是啊，我来帮你补充吧。"

　　"企业与投资人之所以要进入围着资本转的市场，说穿了无非就是要追求自己的利益。企业想得到资本，扩大事业；出资的投资人想购买优良企业的股票来赚钱。这些企业与投资人聚集在市场上，各自努力让自己的利益最大化。"

海舟老师停顿了一下，等我们点头附和。

"企业若需要资本，就必须变成更好的企业，发展更好的事业。为了让投资人心甘情愿地掏出钱来，企业必须向外界说明经营内容，这一点非常重要。因为如果创业者或社长被放任不管的话，他们很容易不受控制，变成暴君。我们的任务是负责监督他们，及时止损，可见投资人扮演着监督管理的角色。因为投资人也投入了宝贵的血汗钱，所以是否能慧眼识珠，寻找到优良的投资目标极为关键。为此，投资人会想尽办法避开那些经营不良的公司，甚至做出与间谍无异的行为。"

"就不能说我们是寻宝的探险家吗？"高山先生苦笑。

"在双方共同经营下，唯有能赚到钱的公司，也就是能让社会变得更富足的公司才会得到资本。我再说一遍，说得极端点儿，双方都只是为了追求自己的利益，最终是让资金流入认真经营的公司，这简直就像有神在天上操作一样，通过市场产生最好的结果。因此亚当·斯密将这种绝妙的市场机制称为'看不见的手'。"

长时间的空白，让我们有了一些仔细思考的时间。

高山先生吃完水羊羹，喝了口焙茶润了润嗓子，又接着说："这就是我们明知不可为却仍要预测未来的原因，那是让客户的钱在增值的过程中，不可缺少的一步。因为从长远来看，我们也有义务支持、培养日本本土的优良企业。这样你们明白我为什么用'为老天做事'这样夸张的字眼来形容了吧。"

　　我的脑海中隐隐约约地浮现出了过去从未想过的世界。会变成那样吗？真有意思……当我还在细细思考时，我的肚子突然"咕噜"地响了好大一声，打破了屋子里原有的寂静，所有人一起看着我大笑。

　　"交给我，我已经事先擀好荞麦面了。"高山先生起身离开座位。白虎同学笑着说："我也饿扁了。"是不是，只有水羊羹根本吃不饱嘛。

　　餐厅的饭桌上摆着两个装满荞麦面的竹篓，中间的大盘子里盛着新鲜的番茄切片，上面撒满了撕碎的紫苏菜，看起来好清凉、好好吃的样子。高山先生按照顺序递给我们装有蘸面酱的容器说："这是我最拿手的手擀荞麦面，请慢用。"

　　荞麦面冰镇得恰到好处，口感与蘸面酱的咸度都是正好。

　　"你手艺还是那么好，都可以开店了，根本没必要搞什么资产运营公司嘛。"

　　"说的也是，开面店可能还比较容易赚钱。"

　　"现在你这公司差不多该赚钱了吧。"

高山先生把头摇成了一只拨浪鼓，笑道："钱啊，就像河流一样流向远方。每次稍微有点儿闲钱，又全部花在调查企业上了。"

白虎同学直接说："您的公司不赚钱吗？"

"客户放 100 万日元在我们这里，我们一年收 1.5 万日元的报酬，但因为公司目前的规模太小，所以还在赔钱，但我相信明年一定会赚钱的。"

海舟老师插嘴说："好在因为成绩卓越，所以资金增值得很顺利。你仍然还是在拒绝大客户吧。"

高山先生笑着说："对，就争一口气。"

"大客户是指愿意投资很多钱的客户吧，拒绝的话感觉会损失很多啊。"

"但是这种客户解约时也会抽走一大笔资金，那样的话我们就必须卖掉手中的股票才能把钱还给他们。所以我们选择先沉住气，投资二三十年的公司，跟这种专门搞投机的流动公司不相容。"

"我替害羞的高山先生回答好了，比起眼前的利益，他更重视长期投资的哲学。"

"才没有你说的那么夸张。"高山先生说道，一脸羞涩地吃着荞麦面。

吃完午饭，高山先生又花了一个小时为我们说明了他投资的一些公司，谈话中还提到了我们参观过的那家食品容器公司。

"啊，我知道那里。"白虎同学想起来了。

"你居然知道这么特殊的公司。那真的是家很棒的公司，也是我们最早投资的公司之一。"高山先生笑得很开心。

海舟老师再次以郑重其事的态度在门口鞠躬："高山先生，今天非常感谢你。"高山先生回敬："我才是，很荣幸认识了前程似锦的绝地武士们，尤其是白虎同学，你似乎对资产运营公司很有兴趣，我很高兴。"

老实说，我有点儿跟不上，被话题甩下的我感到了一丝孤独。正当我左顾右盼时，门上有块巨大的木板吸引了我的视线，气派的木板上刻着数不清的年轮，右下角以低调的绿色写着什么。我问："这是招牌吗？"

"是的。从创业时就支持我们到现在的一位经营林业的老客户，在公司搬迁时请他来玩了几天，他就从树龄300多年的树木锯下了一块做成这块木板，送给我们作为开业贺礼。"

"上头这行英文小字是公司的名称吗？"

"是的。Tree Rings，年轮的意思。"

好符合公司气质的招牌啊。

"取自高山先生的哲学，公司就像年轮一圈圈地增长那样，一点一滴地增加财富。"

"不不不，这有点太夸张了吧，公司还在亏钱呢！"高山先生难为情地说着，然后送我们到石板路的出口，轮流和我们握手道别。

　　像蒸笼房一样的奔驰车，在高速路上开着车窗跑了一阵。白虎同学望向窗外，貌似在想些什么。开上高速公路后，前方是工厂林立的郊外，我望着平常不屑一顾的风景，总觉得仿佛看见了一只几乎透明的大手，在工厂上方挥舞着成把的钞票。

第17堂课

贫富差距加大的原因

"砰！砰！砰！"体育馆里响起运球的声音，一个高大的身躯慢吞吞地冲出去。

"哐！"

高高举起的右手扣向篮筐，篮球穿过网，以强大的冲力弹落在地板上。

我大叫："好强！"白虎同学也欢呼："好厉害！"等海舟老师捡球回来，我们三个人伸出手互相击掌。

"呼，幸亏抢到了。进入了中年大叔行列以后，我连弹跳力都逐渐衰退了，让人感到悲伤啊。"

"真厉害啊，我们球队就算是中锋，也只能勉强碰到篮筐。"

"萨长同学是篮球俱乐部的吗？那你是我的学弟了。"

"我小学时是前锋,现在是后卫。"

"我学生时代是万年中锋,也有人说以我的身高没办法当教练,这可能是我的宿命吧。好了,活动到这里为止,舞台后面有块黑板,你们去准备折叠椅。"

今天早上在教师办公室前集合时,海舟老师问我们:"今天想在哪里上课?"我立刻回答:"天台。"结果遭到白虎同学的反对:"在那儿上课会中暑吧。"她提议:"才三个人就开冷气的话不太环保,我们去体育馆吧。"

体育馆里的确很凉快,风会从敞开的大门处时不时地吹进来,让人忘了炎炎夏日。我们坐在宽敞的舞台正中央,面向黑板会有种像是在拍戏的紧张感,偶尔这样一次也不错嘛。

"今天讨论的题目是十分适合这个宽敞的舞台背景的。地主属于'赚取'、'获赠'还是'窃取'呢?请回顾我们累积学到现在的知识,准备好了吗?"海舟老师轮流打量着我们,我们不假思索地点头。

"这股气势很不错。那么第一个问题,地主是什么?萨长同学,请回答。"

又是直接的问题。太直接了,反而让人难以回答。

"呃……应该是有很多土地和房屋的人。给人一种辈辈相传的印象。"

"很标准的答案。那么换白虎同学。"

白虎同学低着头，思考了好一会儿才说："对我而言，地主就是我奶奶本人。奶奶管理着这座城市好几成的房地产。爷爷去世以后，我一直这么想。奶奶是个性情温和的人，平常喜欢看书听音乐。可是她一提到钱和土地的事，从说话的方式到表情就截然不同了，该怎么说呢，就像是不接受反对意见的电脑。"

那是真的很厉害啊，与我们家总是笑眯眯的姥姥完全不同。

"你什么时候看过你奶奶那种模样？"

"房地产公司的人会定期来做报告或找她商量事情，我和哥哥一年会有几次在场，因为奶奶要我们在一边静静地听。"

"这是一种英才教育啊。看到与平常判若两人的奶奶，白虎同学认为的地主是什么样的存在呢？"

白虎同学紧紧蹙眉，陷入沉思，好不容易才开口，却不是很确定的答案。"我不知道，只是感觉奶奶像是一个小国家的女王。"

女王啊……无法想象自己的亲戚像女王是种什么样的感觉。

"不只因为公司员工在奶奶面前都很紧张，奶奶提到

'这座城市'时有种独特的语调，就像形容自己的领土。"

"我非常讨厌那样的奶奶。"白虎同学眉宇之间的皱褶更深了，说完后她抬起下巴，看着海舟老师。

"只是因为祖先刚好拥有乡下的土地，那里通了电车后，有很多人开始住在那里，就要求这些人在工作之后付房租。奶奶明明只是拥有因为先占领而获得的土地，却自以为像国王那么伟大，不是很奇怪吗？土地原本不属于任何人，奶奶只是刚好继承了历代祖先留下来的土地，有必要像女王那样盛气凌人吗？那样的形象给人的感觉极差。"

白虎同学一口气说完以后，眉间的褶皱依旧没有松开。我一时半刻无法体会白虎同学的心情，就连自己有土地是什么感觉也想象不出来。

"一下子就直指问题的核心呢。接下来我们要慎重地探讨白虎同学的厌恶感是否合理，最后一定能理清地主属于什么，请跟上我的思路。"

"遵命，大师。"我开玩笑似的说。白虎同学也笑着回答："遵命，海舟大师。"海舟老师耸耸肩。

"那么，这是第一条线索。"

海舟老师用磁铁吸在黑板上的是一则常见的房屋租赁广告，传单上有平面图和"离车站走路只要8分钟""房龄10年，全新装修"的文案。

"根据这张传单,我们可以知道这栋房子的价格为3 000万日元。问题来了,如果要租这栋房子,每个月房租大概是多少?"

白虎同学回答:"我觉得是10万日元左右。"是这样吗?

"答对了。这一带可以从车站走路回家,一般三室两厅的房子租金大概是十几万日元,更便宜一点儿的房子甚至少于10万日元。这时我们从地主的角度出发,假设房租为每月15万日元,全年180万日元,那么房租收入的投资回报率为年利率6%。"

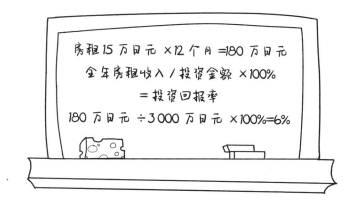

房租15万日元×12个月=180万日元

全年房租收入/投资金额×100%

=投资回报率

180万日元÷3000万日元×100%=6%

我想都没想就说："看上去比银行存款利率高多了。"

"乍看之下是这样没错，但没有这么简单。首先是地主的实际投资回报率更低，因为房地产要缴税，例如固定资产税大约会分走一个月的房租，出租期间的壁纸、榻榻米、日式纸门、厨房卫浴，不管什么家具都有可能会产生损耗。相反，银行存款绝对不会损及本金，但买房子要承担房价下跌的风险。因为购房后 5 年，房龄 10 年的房子就成了房龄 15 年的房子，人气会下降。也可能因为经济不景气，想买房子的人变少，花 3 000 万日元买来的房子最后只能以2 000 万日元卖掉。"

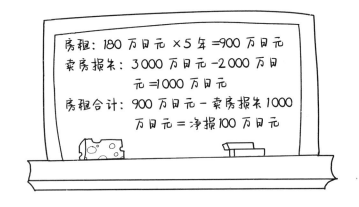

房租：180 万日元 ×5 年 =900 万日元
卖房损失：3 000 万日元 -2 000 万日元 =1000 万日元
房租合计：900 万日元 - 卖房损失 1000 万日元 = 净损 100 万日元

啊，搞到最后还亏钱啊。

"考虑到房屋买卖和管理等诸多费用，损失其实更大。不过当初的房价或许也会上涨，沿用刚才的例子，假设涨到4 000万日元，除去900万日元的房租，还会有1 000万日元的卖房利润。问题在于人们无法预测房价会涨还是跌，因此买房可以说是对不确定未来进行赌博性质的高风险行为。"

而且还得花好几千万日元，真可怕。

"如果我们把钱存在银行绝对不会受损，但也赚不了几个钱。买房可能会赔本，也可能会赚钱，你们不觉得两者之间的平衡十分巧妙吗？"

"您是指高风险、高回报吗？"

"不愧是白虎同学。这时说起高山先生，他的公司势头最猛的时候，一年曾经增值100%以上，因此客户放在他那里的钱一年就能翻一倍。但是无论选择了怎样的公司，一旦整个市场不景气，公司就会跟着亏损，是投资的常态。事实上，最糟糕的时期他的公司曾经一年亏损近五成。"

如此宝贵的钱一下子变成两倍、一下子只剩下一半，感觉好刺激啊。

"这里为二位介绍一个专业术语'回报'，相当于'赚钱'。在各式各样的'增值'方法中，风险与回报会形成以下的关系。"

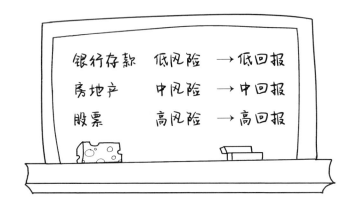

银行存款　低风险　→低回报

房地产　　中风险　→中回报

股票　　　高风险　→高回报

哦，说穿了，世界上没有稳赚不赔的事儿。

"这种风险与回报的关系在各种情景下都能看到，例如打篮球，篮下擦板得 2 分，但若承担风险从较远的距离投篮可得 3 分。"

我们望向篮球场，原来三分线是风险与回报的分界线。

"我们已经来到最后冲刺的阶段，只差一里路了。对于高山先生公司的客户选择承担高风险去投资股票，以换取高回报的行为，萨长同学，你认为这项投资是'赚取'还是'获赠'？"

虽然觉得这里应该回答"赚取"，但这位大叔最喜欢挖陷阱给别人跳。正当我脑海中一片混沌时，我忽然想起高山先生那句"为老天做事"，脑海中的迷雾骤然散去，灵光乍现，眼前突然开阔起来。然而当意识到的时候，我已经脱口而出："我认为是'赚取'。"

"哦，回答得真快，为什么呢？"

"我不知道该怎么说……脑海中突然浮现出'为老天做事'那句话。"

笑容从海舟老师脸上消失，变成了有些惊讶的表情。

"如果说认真筛选要投资的公司是为老天做事的话，那么出资参与这项投资的行为说是'赚取'也没错。"

嗯，没错。如果为老天工作是"获赠"的话也太丢脸了。

"可以，萨长同学刚才的回答真是太厉害了，居然很好地消化了高山先生那句话，并且能与'赚取'联系在一起，迅速凭直觉回答，真是太厉害了。"

白虎同学也频频点头，顿时我觉得脸颊涌上一股热浪。

"看来至今学到的知识正在萨长同学心中开花结果，请不要忘记现在的感觉。有知识和信息作为基础的直觉通常都不会错，据说可以得到七成到九成的正确答案。但准备得不够充分的直觉只是一种假设。"

白虎同学竖起大拇指，我也回以相同的手势。

"我再稍微补充一下，为世界增加财富的人，在数字上创造出高于平均 GDP 的都是'赚取'的人，跟'增值'一样。投资股票就算有时会蒙受巨额损失，但长期的话还是可以期待高回报的。"

　　不然谁还去投资啊。

　　"这些投资人'增值'背后的原因是企业的'借贷'。企业向投资人借钱，以此为资本扩大事业，将利润再分配给投资人。投资股票之所以能产生高回报，正是因为企业利用资本扩大事业，将利润分配给投资人；投资股票之所以能产生高回报，正是因为企业利用资本创造出相当于'赚取'的财富。企业是市场经济的主角，但承担着风险。把血汗钱借给企业的投资人则是在背后支撑经济增长的无名英雄。就算投资只是为了赚钱，也对这个世界、对社会有所贡献。"

　　的确是"看不见的神之手"啊。

　　"考虑到对经济的贡献，我确定投资相当于'赚取'。真正流着汗水工作的虽然是在企业上班的人，但投资人也冒着损失血汗钱的风险，着实为他们捏一把冷汗。"

　　既然差不多的话，我宁愿选择挥汗如雨地工作。

　　"我们以同样的思路来思考投资房地产、公寓、别墅、办公大楼等租赁业务。这些业务也都是有风险的，说不定房东还无法顺利地收到房租，又或者因为经济不景气而租不出去，房地产可能还会贬值。但即便是这样，还是要缴税及花钱维修，房东也不轻松。可是我们刚才已经学到，正因为如此，风险与回报才会形成某种关系。白虎同学，请问是什么关系？"

　　　　　　　　　　奇妙的盘算社团

"不承担风险就没有机会赚钱。"

"没错。这也意味着只要小心谨慎地承担风险，就能得到应有的回报。"

要是费尽力气还赚不到钱，谁都不会做的。

"房地产市场也有看不见的神之手在操纵，自然而然就会形成从哪个车站徒步几分钟、房龄几年的房子可以租多少钱的行情。房租行情也会影响房地产的买卖市场，房租高一点的房子比较值钱；反之则找不到买家，导致价格下跌。"

神还真是繁忙啊。

"萨长同学，趁你还有灵感的时候再问你一个问题，地主属于'赚取'还是'获赠'？"

白虎同学以前说过，地主是从"赚取"的人手中收取房租，所以是"获赠"。但不管是水果店还是理发店，收取的费用都是别人用薪水付的，如果照她的说法来看，岂不是每个人皆为"获赠"。

虽然是这样，但地主的确没有在工作，给人一种坐享其成的感觉。这问题好难啊。

"这次陷入迷茫了吧。那么，请从地主并不是继承祖先留下来的土地，而是用自己投资的房地产收取房租的角度来思考一下。"

"如果是那样的话，我认为是'赚取'。"我回答，心里却想这样就不像地主了。白虎同学侧着头沉思。

"从表面上看地主在赚钱。我觉得每个月能收到好几百万日元房租的人不算'赚取'也太奇怪了。"

"原来如此。白虎同学，你的意见是？"

白虎同学吞吞吐吐地说："这个嘛……从数量上看，有很多不动产的话，确实如萨长同学所说的那样，可是……"

"这么支支吾吾的真不像你，我可以猜到你为什么不干脆地从理论方面思考。但我认为你搞错了问题方向，或者是把应该要分别思考的问题混为一谈了。"

沉默持续了好一会儿，白虎同学一脸疑惑的表情。

我打破沉默："关于刚才的例子……"两个人都看着我。

"我认为那位地主是用自己赚来的钱买房子租给别人，既然如此，他投入的血汗钱其实承受着相当高的风险，要是得不到相对于'赚取'的回报，那也就没必要做了。可是，如果是用继承遗产得来的房子收租变成有钱人……"

我不动声色地看了白虎同学一眼，又补上一句："总觉得不太服气。"

海舟老师放声大笑，问白虎同学："白虎同学也觉得不服气吗？"白虎同学猛地点头。

"这是个陷阱。首先我们先前激烈讨论过'赚取'对增加社会财富做出的贡献，比其他人更大，是这么一回事。冒风险投资股票或房地产无疑对增加社会财富做出了贡献。只要确实掌握住这个前提，我相信就会得到地主是在'赚取'的结论。"

到这里为止我还是服气的。

"但是，之所以会觉得不太服气，是因为你们敏感地察觉到背后还藏着别的问题，像经济上的不平等和贫富不均。"

没错，就是这样，总觉得不太公平。

"因为唯有原本就非常有钱的人、拥有足够本金的人才能投资股票或房地产，才能踏上那条'赚取'的道路。"

海舟老师说到这里，在黑板上用很大的字写下了一个简短的公式。

这是什么？大概是 r 比 g 大的意思吧，我完全不明白。

"这是一位名叫皮凯蒂的经济学家写下的不等式。他的这项具有冲击性的假设在世界各地引起激烈的辩论，他的学说的核心就是这个公式。r 是资本收益率，意指投资于股票或房地产的回报；g 是 gross 的第一个字母，意指经济增长率。皮凯蒂搜集各国数据，主张从长远来看，指出利用投资赚钱的速度会比整体经济增长的速度还快。"

这次海舟老师停顿时间的很长。说实话，真需要时间思考了，因为我的大脑有些微跟不上。

"知道这是什么意思吗？"

"有能力投资的有钱人会变得越来越有钱。"

"优秀！白虎同学说得太棒了。"

咦？是这个意思吗？

"接着看下去吧。首先，这个不等式几乎是把我们先前得出的投资就是'赚取'的结论重新说了一遍。"

投资比经济增长更加能够使社会财富增加，所以是"赚取"。嗯，就是这样。

"如果这是事实的话会怎么样呢？暂且手里有多余的钱、可以进行投资的人，积累的财富会逐渐增加。请回想一下复利的魔力。与借钱恰恰相反，投资的资产会像滚雪球一样增加；另一方面，对没有原始资金的普通人来讲这条路是行不通的，因此普通人只能得到平均的经济增长速度，这几乎已经等同于平均的定义了。所以，贫富差距会越来越大。按照皮凯蒂的观点，这是如今市场经济结构性的缺陷，如果置之不理的话，市场自身是无法解决的。"

无法解决吗？我突然觉得自己和白虎同学的椅子中间好像有道很深的鸿沟。

"皮凯蒂说的是真的吗？"

"也有人怀疑他是不是夸大其词，但不能否认的是，这几十年来全球贫富差距确实越来越大。这个贫富不均的问题是现代社会最重要的课题之一。我认为除了皮凯蒂不等式，贫富不均问题还与两个重大因素有关。这三个因素纠缠在一起，使得问题解决起来困难重重。"

接下来的问题会更复杂吧，我跟得上吗？

"扯太远了，这个话题到此为止。"

我险些从椅子上摔下来。

"谢谢你的捧场，反应非常好。"

"您为什么不继续讲下去？"

"因为会害你们迷失方向。先回到我们原本的主题，讨论出结论吧。贫富差距的问题等有机会我们再利用课外教学的方式来讨论。"

我没有意见，白虎同学也同意。

"谢谢。那么言归正传。"

海舟老师擦掉不等式，一口气在黑板上写下我们已经很熟悉的两个清单。

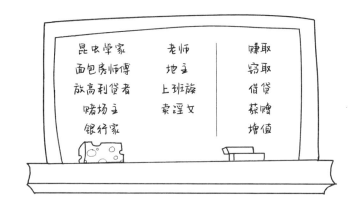

"我们得到的结论是，最后剩下的地主可以归类到'赚取'，同时也对这五种获得财富的方法有了一定的认识。"

各式各样的职业与形形色色的词汇相互交融，印在我的脑子里，总感觉自己好像对这个世界稍微有了一点儿了解。仔细想想，我们已经上过好几堂课了。我与白虎同学目光交汇，微笑点头。

"截至目前，社团课程内容的难度其实很大，你们对这些问题的理解程度超出了我的预期，甚至有时候还会提出超乎我预料的想法。"

我的成就感自内心深处涌出，白虎同学也露出自豪的表情。

"眼下还剩最后一个谜题。"

海舟老师的嘴角浮现笑意，轮流看着我们。看似有些挑衅，抑或是预设好了的恶作剧，总之是打从心底里浮现出的快乐的表情。

"萨长同学，你知道第六个获得财富的方法是什么吗？"

我呆滞地张大嘴巴，早就把这件事忘得一干二净了。

"看来毫无头绪呢。白虎同学知道吗？"

"我一直在思考这个问题，但还是不知道。"

白虎同学的眼神有些不甘心。海舟老师满意地点点头，张开双手走到舞台正中央，洪亮的声音响彻整个体育馆。

"啊！面对富有挑战性问题产生的这种兴奋感，真是太棒了！"

他的表情真的是很幸福的样子，我也忍不住跟着笑了。

"我既不是魔鬼也不是恶魔，自然不会出无解的问题给我心爱的徒弟。"

海舟老师说完，竖起食指，转身指向黑板。"第六种方法揭示了金钱的本质，是最神秘的方法，线索早就写在这里。"

我在脑海中默念那张职业清单，重新看着那五种方法。白虎同学大概也跟我一样。

"这里还有一个提示。"

海舟老师从胸前的口袋里取出一张折好的纸，摊开来可以看到印有日本近代教育之父福泽谕吉的头像，是一张万元日钞。

"借给你们两位。这是盘算社团最后的作业。下次上课是一周后，暑假的最后一周也是最后一堂课。你们可以尽情地享受解谜的乐趣，当然也可以随便开作战会议。那就祝你们顺利了。"

海舟老师如演员谢幕般行礼后，跳下了舞台。然后他拾起地上的篮球，冲向舞台另一边的篮筐跳了起来，高大的身体在空中翻转，双手"哐"的一声来了个灌篮。

"耶！"

海舟老师摆出夸张的胜利手势，也不给我们拍手的时间，一溜烟地消失在了门外。

福岛家最长的一天

我还是第一次收到"夏末的问候"这种明信片。

因为脑子里一直记挂着社团的作业，所以当妈妈递给我明信片，说"这不是福岛家大小姐寄来的嘛？"时，我还以为是作战会议的召集令。妈妈还说，"字好漂亮，真难想象是初中生的字"。仔细一看，毛笔字的部分好像真的是手写，我有点自惭形秽，但视线随即被用圆珠笔写在左边角落的信息所吸引。

"下次返校日，如果你有空的话，请于下午两点来我家。——白虎"

返校日是盂兰盆节（也称中元节）结束后的第一个星期一。我正想打电话回复她时，被妈妈抓住T恤衣领说："不准偷懒！用明信片回复。"

"啊，那么高规格的回信我做不到。"

"又不是要你跟她比输赢，还不快去便利商店买张现成的回来。"

返校日下午，我带着妈妈硬塞给我的果冻礼盒，前往"福岛家大宅"。在酷暑下好不容易抵达目的地，我觉得自己已经快要中暑了，只想赶快找个阴凉的地方避暑，也正因为如此，在按门铃前我没有丝毫犹豫。

对讲机里传来极其客套的回复："请问是哪一位？"大概是用人的声音吧。

"我姓木户，是白虎，不对，是乙女小姐的同学。"

"请进。"紧接着传来"哗——"的一声，然后门静悄悄地打开了。在我踏上通往庭院的小路时，白虎同学迎面而来。

"萨长同学，谢谢你过来一趟！今天好热啊。"

话虽如此，穿着雪白无袖洋装的白虎同学一滴汗也没流，就算站在盛夏的大太阳下，看起来也很清凉的样子。

我在玄关脱下凉鞋，白虎同学说："大家都到齐了。"

"大家？"

"嗯，今天是我组织的活动。"

咦？原来不是作战会议啊。

"木户君，好久不见啊。哎呀，还带礼物了！你不用这么客气的，人来就好了。"

还是那么漂亮的白虎妈妈以调侃的口吻说："大小姐，我可以带客人去会场了吗？"白虎同学回答："嗯，我想马上开始。"

　　我一头雾水地跟在她们两个后面。短短的走廊通往与主屋分开的那幢宛如校舍般的两层建筑物。白虎同学为我说明："这是用来开会的偏屋。"走进去发现，一楼有两扇门，分别贴着"中会议室"与"小会议室"的门牌，楼梯前则是箭头及"大会议室"的标识。白虎妈妈说："我先进去。"然后走进了中会议室，并从门缝里朝我眨眼。走廊里只剩下我和白虎同学两个人。

　　"抱歉吓到你了，本来我就算是一个人也要做的。现在萨长同学来了之后，我心里感觉踏实许多。"

　　我还在状况外，只能尴尬地微笑。

　　"这是什么活动？"

　　"嗯……算是解谜？"

　　"哦，你知道第六种方法啦？"

　　"不是啦，不是那个，是别的谜题。"

　　我越来越听不明白了。

　　"需要帮忙吗？"

　　"我一个人就够了。不过，我希望你能看到最后。"

　　白虎同学的眼神中闪烁着运动员比赛上场前的紧张感，

我觉得就连这样的白虎同学也很漂亮。

"嗯。虽然不清楚到底是怎么回事，但我会好好看到最后的。"

白虎同学嫣然一笑，推开门请我进去。

会议室的面积大概有半个教室那么大，木纹风格的桌子摆成口字形，白板立在入口的另一边。围着桌子落座的人同一时间看向我，左手边是海舟老师，对面是白虎妈妈和一位叔叔，大概是白虎同学的爸爸吧。脸上还能依稀看出上次毕业纪念册里那个少年的模样。还有一位身穿和服的消瘦女性坐在从我这边看过去的正中间，应该是白虎同学的奶奶。只见她侧着头打量我，脸上挂着似有似无的笑容。比起女王，她更像教茶道或花道的老师。

扫了四位大人一眼，我坐在了和海舟老师隔一张椅子的空位上。白虎同学从我身后经过，走到白板前，缓缓地行了一礼。

"非常感谢各位今天大驾光临，我将为大家介绍和我一起在盘算社团学习的伙伴，他的本名是木户隼人，在社团的昵称是萨长同学。顺带一提，江守老师是海舟老师，我叫白虎。"

我坐着微微点头。白虎同学的语气十分严肃，让我变得有些坐立不安。

"如同我在邀请函上写的，今天我将我在社团所学到的知识总结起来，向大家做个汇报。"白虎同学边看笔记，边仔细地在白板上写下：

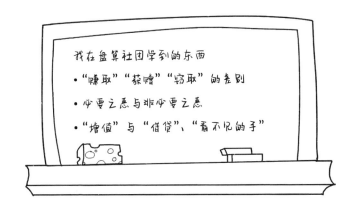

"最早学到的是获得财富的三种基本方法。在社团里这些名词具有跟平常不一样的意思。'赚取'可以让世界变得更富足，产生更多财富。不过只是单纯赚很多钱不算真正意义上的'赚取'，比如牺牲别人赚大钱属于'窃取'。"

我紧张不安地害怕她下一句就说出"放高利贷就是'窃取'"这种话。

"下面我以去公园为例来为大家说明。让公园变得比去之前更干净的人，也就是让世界变得比以前更富足的人都属于'赚取'的人。而故意弄脏公园，牟取暴利的人属于'窃取'。至于什么是'获赠'，最简单的分类办法就是把不属于'赚取'也不属于'窃取'的人归类到'获赠'，也就是无法像'赚取'产生那么多财富的人，例如警察和消防员。虽然他们跟'赚取'没有直接关系，却是非常重要的职业。又或者是残障人士那种需要社会支持的人。就像这样，聚集了各式各样的人的集合被称为'获赠'。"

她整理得很好。海舟老师满意地点头。

"我们得到一个结论，那就是'赚取'与'获赠'的集合体都属于普通人。让公园变得更漂亮的人；把自己周围打扫干净的人；即使不擅长打扫，但大家都认为他可以使用公园的人……这些人都是普通人。'赚取'或'获赠'两者的区别在于会不会赚钱，所以我学到了并非'赚取'就比较伟大，重点在于每个人都要扮演好自己的角色，尽自己应尽的本分。"

嗯，人只要普通就足够了，普通就是最棒的。

"那么，难道普通人就都是好人了吗？海舟老师告诉我们并不都是。如果从名为必要之恶的角度思考，赌博就是最具有代表性的例子。"

终于轮到这个话题了。我总觉得一旁的白虎爸爸脸上蒙上了一层阴影。

"因为每个时代都有好赌之人，所以赌博行为并不会绝迹，虽然不是好事，却也是人类社会的一部分，因此它的存在才会被默许。我明白了这就是所谓的必要之恶。"

白虎同学的视线始终落在正前方，没有看向任何人。

"既然有必要之恶，当然也有非必要之恶。我们调查过各种各样的职业，在讨论到对社会有百害而无一利的职业时，提到了放高利贷者。"

我倒吸了一口凉气，再也不敢看白虎同学的爸爸。

"把钱以不可能还得起的高利率借给无法妥善管理金钱的人，这种做法根本不是为那个人着想。我还学到一句话'借是好心，不借也是好心'。当借贷双方都处于冷静的状态时，金钱的借贷确实是方便又好用的交易，可是高利贷并不符合这个条件。勉强借了钱的人，不仅会失去金钱，还会失去家人甚至整个人生。"

白虎同学的声调与平常无异，她怎么能如此冷静地说出这件事。

"在社团里，我还学会了'看不见的神之手'这种思考方式。在老天的巧手安排下，需要钱的公司和愿意出钱的投资人各自拼命努力赚钱，让金钱以绝佳的配置方式流到需要钱的地方。钱被巧妙运用，就像被看不见的神之手操纵，从而提升让世界变得更富足的速度。我们在社团里针对房地产投资进行了同样的讨论，归纳出了相同的结论。因为对房地产和股票的投资有一定风险，投资人得承受这个风险，才能为经济增长做出贡献。以前我认为地主只是因为持有土地就能赚钱，有点狡猾。可是我学到了正确地经营财富和土地并不是一件容易的事，而且对世界也有帮助。"

白虎同学说到这里，喝了口麦茶润润嗓子。我也把手伸向了桌子上的杯子。

"以上是我在社团学到的东西并简单做了整理，我从未如此深入地思考过自己家正在从事的事业，如今我终于整理清楚自己的想法了。"

白虎同学闭上双眼，调整呼吸。

然后她第一次径直地看向父亲。

"我知道爸爸一直在辛苦工作，也很感谢你为家人辛苦工作，但我希望你能停止放高利贷的行为，也希望你能关闭赌场，专心从事房地产或其他正常的工作。"

两个人都没避开对方的视线，白虎妈妈从旁边观察着白虎爸爸的表情，比起担心，更像好奇。

"你想说的只有这些吗？"白虎爸爸开口，低沉的嗓音很配他那张线条刚硬的脸。

白虎同学摇了摇头。

"爸爸，你为什么不自己告诉我？为什么要请来海舟老师到学校开社团？"

我的心脏"扑通"地跳了好大一下。

难道是白虎同学的爸爸策划的盘算社团？

我望向海舟老师，海舟老师微笑点头。

真的是这样啊。但是白虎爸爸为什么这样做？

"就在此时此刻，你还是只会说'你想说的只有这些吗？'这是我的台词好吗？爸爸，你没有什么想亲口跟自己的女儿说的吗？"

白虎同学的语气带了点指责的味道。我在心里暗叫不妙。

白虎爸爸从椅子上站了起来，眼神直勾勾地注视着白虎同学。"小孩子没资格对父母的工作指手画脚。"静静地丢下这句话后，转身就要走向会议室的门。

白虎同学张着嘴，一句话也说不出来，眼睛里饱含着泪水。

"等一等，启介。"

正伸手要开门的白虎爸爸停下脚步。

那个不容置疑的声音出自女王之口。

"你们两个都给我坐下。"白虎奶奶连眉毛都不挑一下，嘴边挂着微笑说。

白虎同学安静地坐到了我面前的椅子上，白虎爸爸也心不甘情不愿地回到了原来的座位。

白虎奶奶慢条斯理地又看了一遍在座的人。

"你叫萨长同学，是吗？我听乙女提过你，你好像是被邀请来当见证人的吧。虽然很不好意思，但请你再陪我们开一会儿家庭会议。不过，在这里听到的话请不要告诉别人。"

对视的瞬间，我还没来得及思考就先答应了。白虎奶奶的气势太强了。

"启介，首先应该先说声恭喜吧。真不愧是父女，你女儿居然在跟你几乎一样大的时候，有同样的想法。"

白虎同学用惊讶的表情看着父亲，白虎奶奶莞尔一笑。

"对了，你爷爷也跟你爸说过同样的话，'别对父母的工作指手画脚'，并且还赏了他一巴掌。"

白虎爸爸望向窗外，笑得十分僵硬。

"话说回来，启介不太会讲话，没有乙女说得这么条理分明，也难怪会惹她爷爷生气。江守先生，看得出来你为乙女教授了很棒的课，真是感激不尽。"

"那是因为学生很优秀。"海舟老师看了分坐在左右的我们一眼，我们两个都纷纷避开了他的视线，毕竟这家伙可能是"敌方阵营"的人。

"拜托江守先生上课的人……优子，是你吧？"

白虎妈妈转着眼珠子，轮流看着我和白虎同学，双手合十摆出道歉的手势。

什么啊，幕后黑手居然是白虎妈妈。

"乙女，你太不了解你爸爸了，启介可不是会耍这种小聪明的人。"

海舟老师伸手捂住嘴巴，拼命忍着笑。

"肯定是母亲觉得和女儿绝交的父亲太可怜，所以拜托朋友协助女儿了解自己的家业与父母的辛劳。虽然是个好主意，但是失策在于女儿比父母想象的还要更加敏锐。乙女，纯粹是因为我的好奇心才发问，你是怎么注意到的？"

"毕业纪念册。我在学校图书馆发现爸爸和海舟老师是同学。这么厉害的人跑来初中当社团老师本来就很不寻常，再加上社团老师教授的知识逐渐变成了回答我疑问的内容。"

原来如此，从白虎同学在图书馆叫我不要说的时候就已经开始怀疑了啊。我无法忍住内心的疑问，插进了他们的对话。

"那个，请问我爸也是跟你们一伙的吗？"

"没有，这是个巧合。第一天课堂上为了不笑出来差点儿憋死我，我没想到尘封在记忆深处的木户同学居然会坐在教室里。"

"对啊，你跟你爸简直是一个模子里刻出来的一样。"白虎爸爸以温和的眼神看着我。感觉这个大叔并不像是坏人的样子。

"启介，你知道优子的计划吗？"

笑意从白虎爸爸的脸上消失，变成了严肃的表情。

"我什么都不知道，江守也什么都没说。是你要他别告诉我的吧？"

"既然是优子的要求，不管是保密还是什么，都只是举手之劳。"

"因为你一定会反对嘛。"

"你说什么？！江守也没那么闲，怎么能随便……"

"我是自愿的，因为好像很好玩的样子。"

"所以你就任性地灌输给别人的孩子一些有的没的东西吗？！"

"正是。任性地把我们年轻时讨论过无数次的内容灌输给他们。"

"啊，是这样吗？"

"优子，这小子初中时说过和刚才白虎同学说的几乎一样的话哟。'我们家的事业除了房地产以外都不正经，继承家业什么的'……"

"啪！啪！"拍手的声音在房间里响起。

"到此为止，你们三个都忘了这是在孩子面前吗？"

三位大人全都挺直后背，就连看他们唇枪舌剑看得过瘾的我们也望向了白虎奶奶。

"现在事情明了了,乙女,现在你知道把社团的事怪到启介头上是怪错人了吧。"

白虎同学点点头,解谜以失败告终了吗?

"针对乙女刚才的发言,让我也说一句吧。你希望我们放弃高利贷和赌场的生意,因为那是你们口中的什么必要之恶,还是相当于什么'窃取'的工作,是这样的吧。"

停顿了好一会儿,白虎同学再次点头。

"我也赞成启介的意见,孩子不应该对父母的工作指手画脚。"白虎奶奶斩钉截铁地说道,言语间具有不容置疑的压迫感。

"既然如此,今天我就再说一件不该让孩子知道的事。因为乙女似乎有个很大的误会。从结论来说,不用你们说,我们已经决定要放弃高利贷和赌场的生意了,这几年来启介就一直在做收尾工作。赌场以前很赚钱,但现在只能算是个负担,高利贷也处于只处理诉讼案件的状态。之所以要放弃,是因为这两项事业都已经赚不到钱了,并非基于乙女所说的那种天真的原因。"

天真啊……果然很天真吗?

"你似乎很不服气。听好了,首先,你不知道启介有多想结束这两项事业。从初中到高中,就算考入大学,都跟你爷爷大吵过很多次,也有过像现在的你一样不和爸爸说话的时期，所谓父女真是像到有趣的程度啊。"

"既然如此……"白虎同学用颤抖的声音问，"为什么不更早点儿结束？在那个小婴儿死掉以前。"

"那真的是一件很不幸的意外。"

白虎奶奶的语气还是那么平淡。

"但这两件事不能混为一谈。乙女，你对经营企业完全不了解，赌场不只是福岛家的事业，还涉及你爷爷的亲朋好友、客户、金融机构等许多人和组织，更重要的是有正在工作的人们。高利贷公司也一样，所谓大企业就是要背负着许多人的人生。"

白虎奶奶说到这里，喝了口茶。背负别人的一生啊……

"你是要我们对那些出资给我们做生意的人说'我不想干了，所以公司要关门了'，对在这里上班领薪的人和他的家人说'已经没有工作给你们了，以后请自己看着办'，之后便一走了之吗？"

白虎同学紧紧地咬着下唇。

"你爷爷突然去世的时候，只有启介这个继承人。启介并没有逃避，而是努力提高业绩，为公司增加盈利。也多亏了他，如今就算赌场要结束营业，我们也能对员工有个交代，高利贷那边也有余力继续打官司。"

我望向海舟老师。他大概是知道这些事情才开的社团吧。

"在启介为了善后工作倾尽全力的时候，我负责所有房地产的业务。就算是这样也需要再过一年，我才能把全部工作移交给他，可以悠闲地享受阅读的时光。"

女王嘴边浮出心满意足的笑容。

在白虎奶奶离席后，白虎爸爸也跟了出去，海舟老师说"接下来交给我"，挥挥手拦下了正要开口的白虎妈妈。会议室只剩下我们三个人。

"我先向你们道歉，对于骗了你们的事，我实在是很抱歉。"

海舟老师站起来后深深地低下了头。我一点也不生气，不知怎么想起了在福岛家开作战会议时，白虎妈妈假装什么都不知道的样子，只是觉得女人真可怕。要不要原谅海舟老师是该由白虎同学决定的事情。

白虎同学还是低头咬着下唇。窗外，在类似盛夏艳阳的亮度下，庭院里的树木被风吹动，树叶的颜色像是用画笔涂上的深绿色。海舟老师也不解释，只是专心等待着白虎同学的回答。

白虎同学松开紧咬着的嘴唇，低垂视线微微点了好几下头。

"海舟老师。"

"在。"

"您还有事瞒着我吗？"

我想他对这个问题应该不会说谎了吧。

"隐瞒你的事中会感到愧疚的已经没有了，但是的确还有事没说清楚。我下次再找机会告诉你，可以吗？"

白虎同学稍微想了一下，笑着答应。

"那么请你务必出席下周社团的最后一堂课，因为光靠萨长同学的话大概解不开那个谜。"

啊，对啊，我完全忘了。

"那么，虽然我现在很想赶快举行作战会议，但今天二位都累了，改天再来吧。"

我们目光交汇后，点了点头。

"萨长同学，我开车送你回去吧。"

当我正想着"哦，可以搭奔驰车回去吧，运气真好"的时候，白虎同学却不容反驳地说："我送他回去。"

心脏"怦"地一跳。我转念一想奔驰车那种暴发户才开的车，就让大块头的大叔一个人坐好了。

"那我就先告辞了，咱们下周一见。"

"萨长同学。"

白虎同学伸出了手，我们用力地握手。

"今天谢谢你。因为有萨长同学在，所以我才能冷静地说出来。"

我难为情地用手蹭了蹭鼻头。

"我解谜解错了啊，还以为一定是我爸在背后搞鬼呢。"白虎同学握着我的手笑道。

对了，我差点儿忘记一直以来的疑问。

"白虎同学，你为何会选这个社团？"

"选社团那天下午，班主任老师叫住我说有个突然成立的，由外国人担任讲师的社团，因为没人参加，所以非常苦恼，问我愿不愿意换社团。我本来决定了要去英语俱乐部，但那里的英语水平有点低，所以就觉得换了可能也不错。后来一想班主任老师其实也是和我爸一伙的，才会那么极力地劝我去参加这个社团，因为我爸认识校长。这也是我怀疑我爸的原因。"

原来如此。

"萨长同学呢？"

"我是因为每次抽签都输给别人，剩下的只有这个社团了。"

"你的签运也太差了！"

我们放声大笑，同时放开彼此的手。我依依不舍刚刚的光景，所以手不知所措地停留在半空中好一会儿。

"走吧，穿过公园，边聊边向着萨长同学的家前进。"

我看着白虎同学走向门口的背影，心里想：才不是，我的签运好极了。

冰激凌的回礼

　　我们就按照星期一在回家路上约好的那样，星期六下午在公园会合了。一见面我们马上问对方："你解开谜题了吗？"我不假思索地摇头。虽然绞尽脑汁地思考，但我完全摸不着头脑。

　　"这个问题太难了，我也快投降了。"

　　白虎同学叹口气，整个人瘫坐在长椅上，身穿雪白洋装的她，宛如飞舞着降落在长椅上的天鹅。

　　"第六种方法的提示是这张职业清单，是什么意思呢？"

　　白虎同学躺在长椅上摇了摇头，好可爱啊，像猫咪一样。我正这么想着，白虎同学就坐起来，认真地说："不过，我认为跟银行家有关。"

　　"也是啊，因为其他工作都八竿子打不着啊。"

"那五种方法呢？"

"这部分也毫无头绪，我觉得好像跟'赚取'或'增值'有关。"

"嗯，我也有这种感觉。可是到这里就停住了，不管怎么想都想不明白。"白虎同学说完又瘫坐在长椅上。

不知道为什么，今天白虎同学给人的感觉好温柔。

我忽然想起一件事，转移了话题。

"白虎同学，后来你跟你爸说话了吗？"

"嗯……很微妙，倒也不是完全不说话……就是有一搭没一搭地说上几句话。"

"早安。"

"早安。"

"就像这样？"

"就这种感觉。"

这样啊。不过比起完全不说话的去年，现在的情况确实进步了许多。突然我想起了当时白虎爸爸温柔地望向我的眼神，心里松了一口气。

"白虎同学。"

"怎么了？"

"首先，为了答谢你上次的冰激凌，我请你吃刨冰怎么样？"

白虎同学又从椅子上坐起来说："萨长同学，那真是太好了！"

在我们走向伊藤文的路上，我又想起了一个提示。

"啊，白虎同学，你研究过那张万元日钞吗？"

海舟老师以"先放在不会私自挪用的人那边"为由，将万元日钞交给了白虎同学。从那之后我再也没看过那1万日元。

"嗯。我把它和自己的钞票对比过，那就只是一张普通的万元日钞，你要看吗？"

不愧是白虎同学，手边就有1万日元现钞啊。说着，她从背包里拿出钱包，抽出那张万元日钞递给了我。我将上面的数字、文字、图案，甚至连水印和闪闪发光的防伪标签都仔细地看了一遍。虽然我很少接触到万元日钞，不怎么确信，但那确实是一张普通的万元日钞。

"看起来很普通嘛。"

"对吧。"

我们这样聊着聊着，不知不觉地就走到了伊藤文。这家店店面很小，已经被先到的几个小学生挤得水泄不通。我选了蓝色夏威夷口味的刨冰，白虎同学则选了草莓口味的。我把从爸爸那里听过的，"刨冰的糖浆除了颜色不同以外，味道都是一样的"这种不知道是真假的话告诉了白虎同学。她大吃一惊地说："骗人！"之后，她提议为了验证真伪，我们吃到一半交换试试。

在老奶奶用古老的刨冰机刨冰的时候，我不经意地把售卖零食的货架看了个遍。上了初中之后，我就很少在这里买零食或者玩具了。正当我想要买点什么东西的时候。

"那个是！"和水枪、弹力球摆放在一起的那个。脑海中突然灵光一闪的感觉，下一瞬间，我十分确信就是这个。

我拉起白虎同学的手肘向那里走去，然后指着"那个"看着白虎同学。白虎同学皱着眉头思考半晌，瞪大双眼，恍然大悟地看着我，然后猝不及防地给了我一个大大的拥抱。

第18堂课

第六种方法

最后一次的社团活动是在
初二6班的教室里

　　看到贴在教师办公室门口的纸，我心想最后一次社团活动和第一次在同一个教室吗？这里的确很适合做结尾啊。我从短短的走廊走进校舍的路上，也热得要死，但空无一人的校舍还是稍微凉爽一点儿。我跑上楼，冲进了教室。

　　"啊，我们终于来到最后一堂课了。"

　　和第一堂课一样，我和白虎同学隔了一个空位坐在靠近讲台的座位上。

　　"我向二位提出了最后也是最大的难题。"

我们对视一眼之后点头。

"哦，这真是令人期待。那么，请回答。"

海舟老师以眼神示意，白虎同学走向黑板，同时我站起来回答："得到金钱的第六种方法是——"白虎同学在黑板上写下这样两个大字：

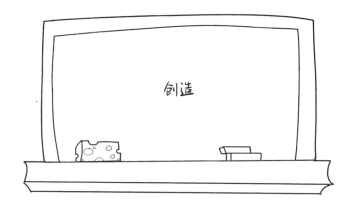

白虎同学回到座位，我也坐了下来。海舟老师笑容满面地高举双手，好像能碰到天花板。我还以为这是"投降"的姿势，看到白虎同学也站起来高举双手，终于明白他的用意。

"啪！"

白虎同学与海舟老师击掌后，我们两个也轻轻地击了掌。

"太棒了！我想问一下你们是怎么解开这个谜题的。你们明白了提示的意思吗？"

"我们两个很快就知道了第六种方法是和职业清单上的银行家有关。"

"用排除法啊。那，然后呢？"

白虎同学从钱包里拿出那张万元日钞，还给了海舟老师。

"这张万元日钞上印有'日本银行券'。"

这次换我从钱包里拿出一样的东西，递给了海舟老师。

"这张钞票上面印有'儿童银行券'。"

海舟老师惊讶地看着我们。

"这是萨长同学找到的，我们两个人看到的时候也恍然大悟，想要得到金钱的话，印钞票也是一种方法。"

"虽然不能用玩具钞票在店里买东西，但是只要朋友们都决定把它当成金钱使用的话，玩具钞票就能在同伴间相互流通。我自己就能开银行，自己印钞票。"

海舟老师忍不住点头，嘴角的笑意越来越深。

"了不起！在三个提示中能够运用两个，再自己找出最后的关键。这玩具钞票是在伊藤文附近买的吗？"

"对。我和白虎同学去买刨冰吃的时候无意中发现的。"

"吃了刨冰就能解开谜题吗？啊，抱歉，说了个冷笑话。"

我原想回敬一句"光是提到冰就够冷了"，但还是作罢。

"你们正因为有想要解开谜团的迫切心情，才有灵光乍现的机会吧，真的太棒了。"

想想我被白虎同学一把抱住的瞬间，那种既惊又喜的心情再次浮现。

"虽然在二位简洁有力的回答后面发言有些不好意思，但我想针对最后的手段'创造'再加以说明。就像你们两个所察觉到的那样，首先，掌握钥匙的是银行家，但你们没有用到第二个提示：五种方法中最活跃的'借贷'。"

啊，真意外。我还以为肯定是"赚取"或"增值"中的一个呢。

海舟老师从皮包里拿出一沓钞票。

"我这里有100万日元，我把这笔钱存进白虎银行。"

接过钞票的白虎同学，一头雾水地看着海舟老师。

"这么一来，白虎银行的存款余额即为100万日元。接着白虎银行只留下存款的一成，把剩下的90万日元借给萨长同学。"

白虎同学如他所言，从里面抽出10万日元，把剩下的钞票交给了我。

"接下来要请几位配角登场。"

海舟老师又从皮包掏出几个乐高人偶，一个接着一个把好几个人偶摆放在了我后面的位子上。白虎同学的后面也和我这边一样摆放着人偶。

于是人偶以我们为排长，形成了二列纵队。

"准备好了，萨长同学，请把钱存进白虎同学后面的姐姐银行。

可爱的绑着马尾的乐高人偶突然变得面目可憎。

"这也可以称为妈妈银行吧。"

"那就叫它妈妈银行。"

我把 90 万日元放在妈妈乐高人偶前。

"白虎银行剩下的 10 万日元为准备金，用于预备给存款人提取，圈存起来的金额。也就是说，准备金率是 10%。而妈妈银行也借钱给别人，假设是启介好了。"

海舟老师在妈妈乐高人偶前留下 9 万日元，把 81 万日元移到摆在旁边桌子上，长着一脸胡子的海贼风格人偶前。

"因为准备金率为 10%，所以妈妈银行留下 9 万日元之后再借出去。然后启介又把借来的钱存进姐姐银行。以此类推，姐姐银行给予奶奶最高金额的融资之后，奶奶再把钱存进 A 银行，一直重复这个过程。"

这是什么。

"人们手里流动的资金逐渐减少，最后趋近于零；相反，所有银行的存款总额则不断增加。人们先向银行'借贷'，再把钱存起来的过程，一直重复到第八次的时候，100 万日元的现金就会变成 570 万日元的存款。接下来再依英文字母的顺序延伸，到了 S 银行的时候，所有银行的存款余额就会高达 900 万日元。但就算无限延伸下去其总额也不会超过 1 000 万日元。"

海舟老师讲到这里，喘了口气。

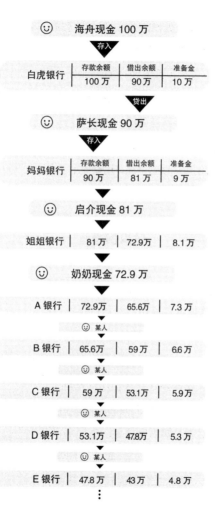

这到底是什么意思呢？我总有一种被骗了的感觉。

"海舟老师，钞票的数量并没有增加吧。"

"钞票只不过是市面上流通的一部分金钱。日本的银行存款余额高达数百兆日元，但钞票的流通量顶多 100 兆日元左右。不妨把增加的存款视为增加的金钱。"

我又仔细看了一下那张图，嗯，第二个提示确实是"借贷"。

"这种银行创造金钱的过程，用专业术语来说叫'信用创造'。"

信用创造

不是"想象"而是"创造"吗？……总觉得好酷。

"在金融世界里，信用这个词意味着'偿还借款的能力'。从这儿开始延伸，企业接受融资、上班族申请房屋贷款等所谓'借贷'行为也是广义的信用。所谓授信就是借钱给别人的意思，借贷关系必须建立在信用的基础上。"

我已经深刻地体会到借钱的时候，信用是很重要的了。

"重点是创造。如果仅仅是白虎同学借钱给萨长同学，就只有白虎同学手里的钱减少，而萨长同学手中的钱增加。然而，让金钱进入银行体系中运转，存款就会水涨船高。但每家银行或人们的行为要想属于'借贷'与'增值'，就只能融资存款。结果是总金额会增加，也就是金钱被创造出来了。"

我对这与我们想的"创造"相差太多而表示愕然。

"感觉这跟我们想的'创造'差很多。"

"不，你们的答案直击本质。这张图只是一条线的流向，但实际上有好几百万、好几千万的人加入经济市场，创造出犹如蜘蛛网一般的信用网络。可是，无论这张网再怎么巨大且复杂，支撑全体的绳索只有一条，而你们找到的答案就是那条绳子的源头。"

支撑起全体的绳索吗？那是什么？我再次目不转睛地看着那张图。

看得出来是由金钱的流通串联起的个人与银行。

"是承诺吗？"

白虎同学喃喃自语。

"哦，可以请你说得再具体一点吗？"

"存款人相信银行会信守承诺，保护好他们的钱，所以把钱存进去。银行则相信借款人会信守承诺，按时还钱，所以把钱借给对方。要是双方都认为对方不会信守承诺，就没有人会把钱存在银行里，银行也不会借钱给别人，以上的结构也不会成立。"

"承诺是吗？这句话说得真好。没错，增加金钱的信用创造网络或你们口中'创造'金钱的行为一定要建立在白虎同学所说的承诺上。说得正式一点儿，就是对整个人类社会的信赖感。"

对整个人类社会的信赖感吗？……顿时变成很宏大的话题了。

"这个系统隐藏着很多个前提。比如万一多个存款人同时要取钱出来，银行将无法回应，因为除了准备金以外，其他钱都借出去了。但现实生活中并不会出现这种状况。存款人相信银行不会倒闭，一直把钱存进去。银行则相信存款人会遵循以上的行为模式，把钱借给企业或个人，而不是把钱锁在金库里，并且相信只要选好对象，借出去的钱就一定能收回来。一旦信用网络中有某个环节失去了这样的信赖感，信用创造的通道就会发生堵塞。"

原来如此。确实只要哪里卡住了，流通就会堵塞。

"这就是引起雷曼风暴现象的原因。当社会中的人们开始变得疑神疑鬼时，金钱的流动就会戛然而止。接下来要面对的则是足以让整个经济活动陷入毁灭性停滞的骚乱，也就是所谓的恐慌。一旦失去信任，经济就会停滞。"

海舟老师停顿了很长一段时间。原来如此，金钱一旦停止流动，世界也会停止运作。

"我在这里将整个经济运行过程做了简化处理，假设借钱的人应该会把钱花在某种经济活动上，再把剩下的钱存进银行；从那个人手中拿到钱的人买完东西后，也会把剩下的钱存进银行。经济说穿了就是这么一回事，闲置资金在人们之间转来转去，有一部分钱变成银行存款，另一部分钱则变成贷款。金钱在全世界流动的过程中，就会产生所谓的'信用创造'，也就是说金钱的'创造'在此发生了。"

这个过程虽然听上去很复杂，但是又很有趣。

金钱在全世界流动的画面在我脑海中逐渐形成。

"倘若信用创造这样的机制无法产生新的财富，资金总量就会不足，从而导致整体经济增长趋缓。不管是让生活变得更富裕的'赚取''获赠''增值'，还是具有掠夺性质的'窃取'，都是来自以'借贷'为起点的信用创造。虽然我曾经把包含自己在内的一部分银行家称为'跳蚤'，但是讨论到这里，你们应该可以明白银行家及银行原本扮演的角色有多重要了。也正因为如此，忘记本分的'跳蚤'们罪恶才更大。"

海舟老师又停顿了好久，等我们的脑袋转速跟上他的思路后才又接着说："回到二位身上。你们小时候玩过家家时玩过开店游戏吗？比如摆上一些小东西，用玩具钞购买。"

啊，玩过啊，我开过卖泥巴球的店，玩具钞好像是用笔涂黑的塑料瓶盖，回想起了遥远的幼儿园时代。

"即使是在那么小型的经济圈里，支撑着的还是承诺和信用。倘若和朋友或家人约好这就是钱，可以用来交换物品或服务，就算是玩具钞也是可行的。"

确实，开店游戏能玩起来，也只是基于具有同样认同感的朋友之间。

"也就是说，究其根本最后会成立以下的关系。"

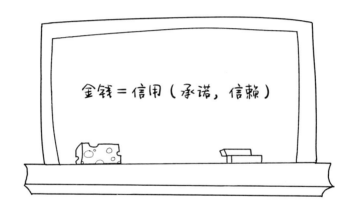

$$金钱＝信用（承诺，信赖）$$

"金钱为什么有价值，是因为大家都把它当钱。你们可能会以为这不是废话嘛，但本质就只是这样。说得专业一点儿，金钱是所有人的共同幻想。大家都幻想金钱有价值，于是钱就有了价值。虽然是幻想，却也是不折不扣的现实。"

仔细想想，钞票也不过是印刷得很精美的纸。

海舟老师突然问我："萨长同学，你知道印一张万元日钞要花多少钱吗？"我愣了一下，发出了"啥？"的怪声。

"印一张万元日钞大概要花 20 日元，用 20 日元的本钱制造 1 万日元，真是赚翻了。而制造 1 元硬币却要花 2 到 3 日元，简直亏大了。"

我听到价格，更感觉钱的确是被"创造"出来的。

"我们来整理一下吧，我所说的信用创造是指利用金钱在经济活动中流通时创造出新财富的原理。然而，二位的答案则是停留在印钞票这种很大胆的想法。我认为，两者基本是相通的，本质上是一样的。因为两者都是建立在'金钱就是有价货币'，不可或缺的信任的基础之上，像是被施以魔法一样创造出新的财富。

老实说，我心里还是不能完全认同，不知道白虎同学又是如何想的。

"看样子你们似乎还不是很认同这种说法。那就由我为二位介绍一个直指'创造'金钱这个行为本质的例子。白虎同学，你知道比特币吗？"

"我只听过名称。"

我也在新闻见过这个名词，但不清楚细节。

"比特币是世界上最具有代表性的虚拟货币，细节我就不说了，总之是个划时代的想法。它把网络上的数据看作金钱，通过名为'区块链'的加密技术，用户可以进行安全交易，避免伪造的风险，是一个非常聪明的系统。"

"数据本身就是金钱吗？"

"是的。虽然名称有个币字，但它是一种非实体的货币，只有数据往来交易。"

"但是那种货币真的能用吗？"

"日本虽然还没普及比特币，但是在美国西海岸的餐厅或咖啡馆，有些人已经可以用比特币支付账单。"

哇！好厉害啊。

"比特币是具有某种规则的数据集合，新的比特币被设计成依照这个规则解开数学问题才会产生，也就是每解开一个谜团，就能得到新的比特币，以此作为奖励。感觉很像掘金矿对吧，所以这种行为被称为'挖矿'。"

听起来有点儿匪夷所思。

"详细的原理并不是我们了解的重点，重点在于虚拟货币完全成为实现'创造'金钱的手段。人们因把比特币当钱使用的共同幻想而创造了新的货币。"

虽然还有一些没弄懂的地方，但钱确实可以被"创造"出来，感觉我们的答案也不是完全错误的。

"那么，终于要进入我们盘算社团的完结篇了。"

海舟老师先擦掉了黑板上的字，摊开双手，抬头挺胸，然后写下了六个词汇。

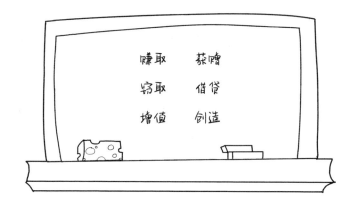

　　"我们已经知道这六个方法可以得到金钱，且金钱的本质就是最后一个方法'创造'。"

　　海舟老师笑着打量我们。

　　"我在课堂上强调过好多次，'金钱只不过是我们衡量财富的标准'。钱不是万能的，但没有钱是万万不能的。有这样一句有名的谚语——'钱在天下人手中转来转去'，反过来说也一样，没有钱，社会就无法运作。然后，支撑金钱的是'所有人都承认那是钱'的幻想。由人类明天、后天、明年，乃至于10年后都能安居乐业的希望支撑着这个幻想。如果明天有颗巨大的陨石将撞击地球，谁还在乎金钱的价值？如果未知的疾病将毁灭人类，谁还在乎金钱的价值？"

这么说也没错。

"金钱是人类创造出来的智慧，由我们人类在相似的人之间，对相同的东西具有相同价值观的幻想支撑。然后借着名为'创造'的魔法让金钱在世界上顺利流动，这无法脱离人与人之间的相互信任。我认为所谓的金钱是在人类必须相互扶持才能够生存下去的情况下，产生的人类智慧的结晶。"

海舟老师的眼神无比认真。

"然而，不对，应该说正因为如此，金钱才会有使人疯狂、误入歧途的魔力，使人明知'窃取'很可耻，却还是明知故犯的魔力，使人误以为金钱是人生的目的，陷入拜金主义的魔力。"

海舟老师又停顿了好一会儿，先是盯着我，然后又盯着白虎同学的双眼。

"但你们已经没问题了。白虎同学，萨长同学，在今后的人生中，请珍惜金钱的同时，不要被金钱迷惑，一步一个脚印地走下去。"

海舟老师露出心满意足的笑容。

"那么，盘算社团到此结束。"

接着，我们鼓掌鼓了很久。海舟老师深深地鞠了一躬，在他抬起头来的同时，我们起立，三人用力地握了握手。

奇妙的盘算社团

9月

课外教学

吹过河面的风轻抚脸庞，夏末炙热的阳光将楠木投影在草地上。我从篮子里拿起第二个三明治。

白虎同学之前提议要在周末野餐，说是我们可以边吃午餐，边让海舟老师兑现承诺，来一场课外教学。我虽然一时半刻反应不过来，但是当然举双手双脚赞成。

进入第二学期，盘算社团仿佛什么也没发生过似的原地解散了。班主任老师问我想参加哪个俱乐部，我选了足球俱乐部，白虎同学则选择了英语俱乐部。暑假结束后，我几乎没机会跟白虎同学说过话。

"牛油果火腿三明治好好吃，是白虎妈妈做的吗？还是白虎同学做的？"

"我们一起做的。这个烤牛肉三明治也很好吃。"

彪形大汉的屁股也很大，三人的野餐垫变得好挤。

"肚子也填饱了，我们开始上课吧。相较于这么好的天气，今天这个话题有点沉重。首先，我们来复习一下皮凯蒂不等式。皮凯蒂主张投资赚钱的速度比经济增长的速度快，所以有余力投资的有钱人与捉襟见肘的平民会形成越来越大的贫富差距。请二位回想资本收益率 r 大于经济增长率 g 的不等式。我说过，贫富不均是现在最大的社会问题之一，除了皮凯蒂不等式以外，还有两个原因会造成贫富不均。"

白虎同学点头，我也想起来了。

"简而言之，另两个原因是遗产税与离岸公司。"

"我知道遗产税，是继承遗产要缴的税。问题是另一个……什么是离岸公司？"

"按照顺序说好了。日本的遗产税税率为 55%。假设有钱人诚实报税，遗产会被国家拿走一半。以前最高的遗产税税率为 75%，所以才说富不过三代。实际上有许多节税技巧，正是因为如此，有些有钱人才得以长期继承历代祖先的遗产。"

福岛家想必就是其中之一吧。

"日本是个遗产税税率很高的国家，社长及董事的薪水相比之下反而很低。从贫富不均的角度来看，最近的局势有点不太对劲，但日本已经是世界上贫富差距比较小的国家了。"

是吗？我明明清楚地感受到自己与白虎同学之间的贫富差距。

"另一方面，世界上也有好几个不用缴遗产税的国家。"

"不用缴？"我说。"一毛都不用吗？"白虎同学说。

"众所周知的一些国家，像中国、新加坡、瑞士都不用缴，比较不为人知的例子，像摩纳哥、澳大利亚、马来西亚也都没有遗产税。想想也知道，有钱人不喜欢遗产税，而有钱人与掌控政治的精英分子通常会建立紧密的利益关系。除非有什么特殊的原因，否则每个国家都不会征收太高的遗产税。不征收遗产税的结果就会造成世界的贫富差距加大，有钱人在生活、教育、人脉、做生意的资金等各方面都占优势，只要不出大错，下一代甚至下下一代都能过上衣食无忧的好日子。相反，大多数平民除非中彩票，否则很难跻身上流社会。"

贫富人群从人生的起跑线上就已经拉开距离了。

"另一个原因是离岸公司，这个问题对你们来说还太难，就连大人也只有极少部分的人能真正理解。离岸公司的英文是 Offshore，shore 在英语中是海岸或水边的意思，off 则是离开的意思。"

"离开某个海岸吗？"

"离开所有国家的海岸。"

"什么？"我们不约而同地惊呼。白虎同学紧接着追问：

"所有的国家？"

"离岸公司是指规避税法的乌托邦，也称为'避税天堂'，顾名思义就是可以躲避缴税的地方。"

海舟老师说到这里，停顿了一会儿。全都是我第一次接触到的字眼。

"只要把遗产转移到离岸公司，就不会被任何人发现。例如不想缴税的超级富豪，世界各地的独裁者利用国有财产以中饱私囊，把手中的黑钱都转入了离岸公司。据说这些来路不明的黑钱高达好几百兆甚至好几千兆日元。"

金额太大了，听起来根本像是在开玩笑。

"日本的 GDP 约 500 兆日元，日本人的金融资产全部加起来约有 1 000 兆日元，却有高于这个数字的钱躲过报税及调查机构的追查，流入避税天堂。"

"真难以相信。为什么政府放任这些偷鸡摸狗的人不管呢？"

白虎同学表示疑惑。

"离岸公司是来自欧洲的概念，我认为目前全球最大的避税天堂是英国。"

"咦，可是，这不是太奇怪了吗？"

"哪里奇怪了，萨长同学？"

"离岸公司是指离开所有国家的海岸，却在英国靠岸，这不是很矛盾吗？"

"正确地说，是以英国的首都伦敦为中心，利用旧殖民地或由皇室直接管理的领地织成一张网。那些钱实质上是受英国支配，但名义上却分散在英国以外的许多小岛上。那些坏人成立空壳公司，让钱流入该公司。表面上那里不属于英国，所以不受英国法律管辖，就连英国政府也无法介入调查。"

"为什么要做这么麻烦的事？"

"为了从世界各地汇集资金。伦敦与纽约齐名，是全世界最大的金融中心之一，世界各地的投资者、银行及企业都在这里进行交易。而在私底下支撑这些交易的就是离岸公司这种非常诡异的组织。"

好像电影里的邪恶组织，但又觉得有点酷。

"离岸公司这只怪物在半世纪前突然急速增长，以前这里并不是有钱人或独裁者用来藏匿资金的地方，好比瑞士的银行就是很有名的例子。但不晓得从什么时候开始，就连一些正派的企业或普通的金融机构也落入离岸公司的魔掌。"

海舟老师喝了一口瓶子里的咖啡，我也猛灌麦茶。

"离岸公司一开始只是小奸小恶的温床，如今已经成长为集合世界各国政府之力也无法打败的怪物。世界上有各种各样的离岸公司，就算各个击破也跟打地鼠游戏一样，没完没了，当然也是因为政治家并非真心想打败这只怪物。因为这样会害到自己或朋友。一旦黑钱从伦敦的金融市场撤退，对英国无疑是动摇国本的打击，谁也不想勒死'会下金蛋的母鸡'。"

暑气未消，天气依旧炎热，就算躲在树荫下，我还是满头大汗。可是此时此刻我却感觉背上有个冰冷冷的东西，产生了令人不舒服的压迫感，就像背着又脏又重的行李。

"世界级的大企业也会利用避税天堂节税，这些企业不肯诚实地纳税的结果是不只马路、桥梁、下水道或铁路这些社会生命线，就连教育或医疗的品质也会恶化。因此反而是与离岸公司无关的平民要承担税收不足的后果，等于是变相地继续压榨'一无所有的人'。"

这个问题的确不适合在天气这么好的河边讨论。

"我们散个步吧。"

我把餐巾纸及包装纸放回篮子，因为突然想起了'赚取'与'获赠'，于是我捡起周围的垃圾，放进原本用来装饮料的塑胶袋。海舟老师和白虎同学也同样这样做，似乎周围看起来比我们来的时候稍微干净了点儿。

才走没几步，白虎同学就问："刚才的问题没有办法解决吗？"

"解决的方法理论上非常简单，只要消灭所有的避税天堂，从有钱人及企业手中收取适当的税金，修正财富的分配比例即可。但实行起来非常困难，因为问题的严重性与解决问题的单位规模差太多。世界各国对于消灭离岸公司的想法莫衷一是，因为逃税独占利益的诱惑实在太大了，所以大家无法团结起来。包括遗产税在内的税制改革也有同样的问题，不少国家都想用低税率吸引黑钱流入，但以国家为单位提出的应对策略效力有限。"

"那国家就继续放任他们不管吗？"

"已经开始一点一点地改善了，例如检举逃税逃得太过分的企业，或对离岸公司设定限制等应对策略。不过距离从根本上解决问题还有很长一段路要走。"

每次我们与在河边人行道上的行人擦身而过时，总有人偷偷地对我身旁的魁梧大叔多看两眼。我们坐在树荫下，抬头可以看到铁桥，上次白虎同学就是在这里一个人静静地待着。

"接下来是我个人的一些想法，希望你们记在心里，有朝一日想起这段话时会觉得有帮助。我和我父亲那一辈的人在冷战结束后，得到了让世界和平又富裕的机会，可是我们并没有把握住那个机会。美苏两国的军备扩张结束后，这25年以来，地球上不曾发生大规模的战争。有个词语叫'和平红利'，指原本可以利用这个机会，把浪费在军备上的资源妥善地运用在和平发展上，打造更美好的世界。但我们并没有选择那条路。如今世界上一些发达国家都在加强军备力量及实行独裁的政治。中东及非洲国家也有同样的现象。"

海舟老师摘下眼镜，目光悠远地望向对岸。

"冷战后的和平若能促进全球化贸易的发展，富裕和贫穷的国家都能雨露均沾，世界确实变得更富有，这是好事。可是我们没能打造出所有人都能平分丰硕果实的机制，任由财富集中在少数人手中，贫富不均的问题发展到今天达到难以收拾的地步。探究目前发生在世界各地的政治乱象，根源大多出在贫富不均上。财富集中在金字塔顶端那 1% 的人手中，牺牲掉剩下那 99% 的人。这句话即使在富庶的国家听到也很吸引人，社会变得愈加扭曲。"

海舟老师重新戴上眼镜。

"你们听过 noblesse oblige 这个词语吗？"

我摇头，白虎同学也侧着脑袋。

"或许可以直译为'高贵的义务'，指的是受到老天眷顾的上流社会具有对全人类牺牲奉献的义务，与摆个臭架子的精英意识虽然只有一线之隔，但过去的确很推崇这种价值观。第一次世界大战时，很多欧洲年轻贵族都主动请缨上战场，献出宝贵的生命；日本也有武士就算穷得没饭吃，也要用牙签剔牙，假装已经吃过饭的说法。意思虽然不太一样，但同样体现了重名誉而非金钱的价值观。"

海舟老师目不转睛地看着我们。

"我想代替我们那个时代的人向未来的后代道歉。领袖们都忘了高贵的义务，被金钱蒙蔽了双眼，浪费了和平红利。"

他突然向我们道歉，我一时不知所措，白虎同学也愣住了。

海舟老师说完这句话就陷入沉默。看样子，难解的课外教学与他的想法都讲完了。我连一半都没听懂，却也同时觉得好像接过了什么沉重的担子似的。

火车不时轰隆作响地穿过铁桥，我们心不在焉地盯着银色车身折射的日光。我瞥了一眼白虎同学神色自若的侧脸，觉得她比平常更漂亮。

当暮色开始笼罩大地，我们不约而同地起身，走向停车场。

"您还有一件事没说。"

我们并肩走着，白虎同学笑着开口，海舟老师也笑了："你还记得啊。"

"虽然不至于愧疚，但您还有事瞒着我们，是什么事？"

"是关于我正在计划的新事业。我想结合小微贷款与虚拟货币，对小微创业者提供小额贷款或融资。我想创造出利用智能手机就能一次搞定付款、储蓄和投资的世界。"

虽然有点儿复杂，但听起来很厉害。

"我想打造一个能让世界上的普通人帮助世界另一个角落的普通人的平台。虚拟货币的资金流成本很低，因此可以从极小金额开始贷款或融资。我的目标是打造跨国的新型资金流。以我的商业蓝图为基础，与几个精通金融系统及法律的朋友成立公司，目前已经进入寻找投资人的阶段。启介非常感兴趣，说他也想加入经营团队。"

"我爸吗？"

"无论在哪个国家，精通小额贷款的人都是不可或缺的人才，我想请启介当日本的负责人。"

海舟老师笑着补上一句："等这项事业走上轨道，我打算去拜访好久不见的大伯父。"

我也很好奇一向不允许海舟老师去找他的大银行家会说什么。

走到与河边人行道有一段距离的地方时，海舟老师开始咯咯地笑。

"还有一个秘密，事到如今就告诉你吧。白虎同学，为了发展新事业，你爸这一年来都在恶补英语。"

"什么！"

"听说他每周要上三次课，而且还是一对一的那种。起初连你妈妈也瞒着，因为形迹可疑，甚至被你妈妈怀疑他在外面有女人后才赶紧招供。"

白虎同学瞠目结舌了好一会儿，朗声大笑。

"我今天回去问他学到什么程度了。我爸高中时英语成绩好吗？"

"那个笨嘴拙舌的家伙，英语成绩会好才怪。"

白虎同学与海舟老师哈哈大笑地并肩走着，转眼间就让我产生了被抛下的感觉。

　　"我也会再加强一下英语。"

　　"你上次说过的计划怎么样了？"

　　"我打算最近就和家人商量。"

　　我还在想是什么计划时，白虎同学突然转过头来看向我，今年夏天我已经看过好几次的白色洋装裙摆勾勒出一道优美的弧线。

　　"萨长同学，我正在考虑明年要出国留学。"

　　我顿时感觉后脑勺好像被金属球棒狠狠地敲了一记。

　　"我本来想自己工作赚钱，等存够钱再出国，但在海舟老师劝我不要逞那种小家子气的能后，我茅塞顿开。现在回想起来，当初不念私立初中或许也只是为了赌一口气。"

　　白虎同学笑着畅谈梦想，想支持她的心情与觉得她离我越来越远的心情在我心里打架，害得我说不出话来。

　　"啊，可是我就算去留学，也想偶尔跟社团的大家聚一聚，开个同学会。"

　　"哦，听起来不赖。"

　　我只能挤出"嗯"的回答。

　　"决定了！我来当主办人，由我负责组织。"

　　走到停车场，海舟老师解开奔驰车的自动锁，白虎同学坐进右后座。还没从悲伤中恢复过来的我慢吞吞地正要打开另一侧的车门，海舟老师把手放在我肩上，弯下腰来附在我耳边说："敌人不好对付，千万不能心急，但也不能浪费时间。萨长同学也必须找出自己的方向，朝着目标全力以赴。不要当跟屁虫，而是走在自己的路上。看起来虽然绕了远路，但这才是真正的捷径。"

我愣了一下，随即睁大双眼。

"离过两次婚其实也意味着求婚成功过两次。这是我身为男人的前辈，给你的忠告，请铭记在心。"

海舟老师说完这句话后，钻进驾驶室。

我的手还放在车门上，闭上眼睛，等自己消化这句话。隐约传来的寒蝉叫声告诉我们，夏天已经结束了，我睁开双眼，装作若无其事的样子，随后坐进白虎同学身旁的空位。

白虎同学看着一旁痴痴窃笑的我。我与海舟老师在后视镜眼神交汇，他对我眨了眨眼睛。

我朝白虎同学伸出了右手。

白虎同学有些惊讶，但也伸出了右手。

我们紧握住对方的手，力量大到有些疼。车子静静地向前开。我直视白虎同学的双眼，感觉前所未有的强烈意志在内心萌芽。

后　记

　　这个小故事原本只在我们家庭成员间传阅。

　　我从长女小学五年级的时候开始着笔，现如今她已是高中生了。几年后，次女也变成了读者，我原本只写给她们两个看，如今就连幺女也看得很开心。

　　我一直在寻找能让读者既看得很开心，又能了解经济及金钱结构的书，但始终找不到，就想干脆自己来写写看好了，没想到"噩梦"从此展开。原本我预计只写 2 到 3 个月的连载，中间经历过长期"休刊"，一延再延，最后花了 7 年的时间才完成。

　　为了给只有 3 分钟热度的女儿看，我决定走金融、经济型校园日剧风的奇妙路线。假设自己是"盘算社团"的一员，看到最后能不能对金钱及世界上的各种经济机制有全盘的理解，就交给读者判断了。

日本虽然没那么严重，但社会还是普遍存在着"钱是不好的东西""满脑子只有钱的人是坏人"的偏见，我猜也有不少人认为经济及金融的话题相当烦琐复杂，因而对此敬而远之。

但金钱不是不好的东西，反而重要又有趣，且金钱的话题也没那么难。但愿本书能成为成年读者重新审视经济的契机，成为青少年开始思考金钱的不可思议之处或工作意义的入口。

为了追求更加浅显易懂的风格，在本书出版前我对连载的稿子进行了全面性改稿。Kindle 电子版的萨长同学和白虎同学原本设定为小学生，但很多读者都反映说"不可能有这么聪明的小学生"，所以我让他们"上了"初中。请务必利用这个机会，与愉快的三人组一起展开对知识的冒险吧！

我的本行是报社记者，20 年来专门从事有关股票及债券等市场及金融业界、国际新闻等方面的探访及撰稿，其间一直在思考的问题都体现在这本书里了，但内容与我身为记者的工作及所属公司一点关系也没有，特此声明。

最后，《奇妙的盘算社团》这本书以及由男生、女生和怪怪的老师一起上课的情景设定，是从哲学家野矢茂树的著作《无限论教室》中得到的灵感。我很喜欢这本书，反反复复看了很多次，一直期许自己有朝一日也能写出这么愉快的读物，因此这是催生出这本书的原因之一，谨此致上我最诚挚的谢意。

写于伦敦自宅